You should make FUN of everything.

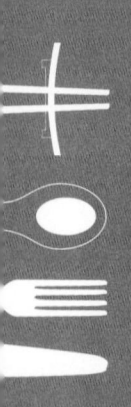

张佳玮 著

世界上
DELICIOUS
美味の事
  的
  太多

重庆出版集团 重庆出版社

- 清淡地吃着这些，夏天就过去了　014
- 中国人擅长把一切节日变成吃节　018
- 鲜味它是什么味　022
- 冬夏饮酒　026
- 时间的味道　034
- 越冷越好吃　038
- 美食的正义　043

口腹之欲：
美味，暖饱，
以及一点记忆和爱

- 爱吃的人讲到吃，
  就没法太客观了　046
- 川菜之神异处　054
- 油腻吗？但是真好吃啊　057
- 既温且饱，
  才是冬天夜宵的王道　060
- 世上真正的吃货　065

- 莎士比亚书店：出现在无数传奇的回忆里　072
- 巴黎大菜场　078
- 加缪在巴黎：哪里都不是他的家　084
- 尼斯的蓝　091
- 在所有的地方坐车　098
- 陪父母旅行　109
- 自由的罪恶与美好　118

途经之地：寻觅，探访，收纳一切美好的事物

- 旅途中，真是什么样的人都遇得到啊　124
- 和纸，仿如细雪　130
- 画家与旅途　142
- 跑步会让人变成唯物主义者　153
- 冬日的酒庄　162
- 雷诺阿：裸女画与人生最快乐的时光　168
- 去巴黎　175

食在他乡：温暖肠胃的饮食，各有改头换面的故乡

- 虫子酒 190
- 一百个人，有一百种偏爱的煎蛋 194
- 喝咖啡与吃大蒜 199
- 欧洲人吃火锅是啥反应 204
- 锅子 209
- 贻贝与牡蛎 216
- 配酒 221
- Kebab 230
- Pho 236
- 说是我们家乡菜，我怎么不认识呢 240
- 世界各地吃茄子 248
- 日本食物精致挑剔之风，是他起的头 252
- 他一边听张国荣，一边研究热干面、羊肉汤和杀猪菜 263

口腹之欲：
美味，暖饱，
以及一点记忆和爱

《午餐》

莫奈 ｜ 法国 ｜ 1873年
布面油画 ｜ 160cm×201cm
巴黎奥赛博物馆藏

风和日丽的某日，鲜花盛开的庭院中，餐桌上摆放着新鲜的水果和餐点，身穿浅色长裙的女主人侧身站立，看向餐桌，餐桌旁的草地上，小孩在安静地摆弄着玩具。午餐尚未开始，客人还没入席，佳肴也还没上齐，女主人正有条不紊地张罗着午宴。

> 清淡地
> 吃着这些，
> 夏天
> 就过去了

　　我们故乡惯例，到夏天，为了养生，家常多喝稀饭。本地称稀饭为泡饭，与粥相比，有浓淡疏密之别。通常规矩，粥和泡饭的配菜待遇一样，与白米饭的配菜有俭奢之别。配饭的菜，浓艳肥厚，是玉堂金马的状元；配粥的菜就复杂些，样子上得清爽明快，所谓清粥小菜是也，但也不纯是落第居村的秀才。用老人家的说法：夏天喝粥，得配有味的素菜。不素则油腻，不有味则吃不下去。粥菜清鲜，才能好好过一夏天呢。

　　夏丏尊老先生说他当年会弘一法师，法师吃饭只就一碟咸菜，还淡然道："咸有咸的味道。"姑不论禅法佛意性，只这一句话会心不远。吃粥配菜，本来就越咸越好，得有重味——这点和下酒菜类似。所以下粥时吃新鲜蔬菜不大对劲，总得找各类泡腌酱卤的入味小菜。

　　我外婆她老人家善治两样配粥小菜：腌萝卜干，盐水花生。腌萝卜

可以一套一拳,夏天不见荤腥,也不觉得嘴里淡,清清爽爽一个夏天过去。

干讲究一层盐一层萝卜,闷瓶而装。有时兴起,还往里面扔些炸黄豆。某年夏天开罐去吃,咸得过分,几乎把我舌头腌成盐卤口条。萝卜本来脆,腌了之后多了韧劲,刚中带柔,口感绝佳。配着嘎嘣作响的炸黄豆吃,像慢郎中配霹雳火。

老年代各家老阿婆,都会自制酱菜:黄瓜、莴苣、萝卜、生姜、宝塔菜之类,酱腌得美味至极。黄瓜爽,莴苣滑,萝卜韧,生姜辛,宝塔菜嫩脆得古怪。可以自己吃,可以送人。酱菜配粥胜于配泡饭。因为粥更厚润白浓,与酱菜之丝缕浓味对比强烈。也有人嫌萝卜干太质朴,嫌酱菜太工笔山水,就爱单吃蒜头下粥。我小时候初吃蒜,苦心经营地剥,真有"打开一个盒子内藏一个盒子"的套娃式喜剧感。最后剥出一点儿蒜瓣,吃一口眉皱牙酸鼻子呛,好比鼻子挨了一拳。当然,有了心理准备后，生蒜头真是佐粥绝配。萝卜还需有盐助味，大蒜天然生猛，小炸弹一样煞人舌头。

蒜

江南普遍认为豆子是半荤，所以豆制品尤其是豆腐干，可以代替肉，做配粥小菜解馋，还很有营养。我爸爸懒起来就小葱加盐拌个豆腐下粥，勤快起来就烫干丝。烫干丝和煮干丝是早年扬州泡茶馆的客套礼数。比如，甲："今天请你煮个干子。"乙客气地："烫个就行，烫个就行。"我以为煮干丝宜饭宜酒，烫干丝宜茶宜粥。烫干丝的江南家常做法：豆腐干切丝，水烫一遍去豆腥味，然后以麻油、酱油拌之，味极香美。

豆腐干

夏天煮粥，宜稀不宜稠，若非为了绿豆粥借绿豆那点子清凉，吃泡饭倒比粥还适宜。粥易入口好消化，但热着时吃，满额发汗；稠粥搁凉了吃，凝结黏稠，让人心头不快。泡饭夏天吃最宜。江南所谓泡饭其实很偷懒，隔夜饭加点水一煮一拌就是了，饭粒分明，也清爽。医生警告说吃泡饭不宜消化，但吃泡饭比吃粥来得爽快也是真的。

日本九州泡饭

日本料理里有种泡饭，是九州地方的风味：小鱼干、小黄瓜丝、紫菜熬成味噌汤，搁凉了，浇白米饭上。夏天若被高温蒸得有气无力少胃口，就指着吃这个了，鲜浓有味，还凉快；如果有碎芝麻粒，铺在饭面上再浇汤，更香美。

糯米糖藕
粗绿茶

毛豆

咸蛋

夏天喝粥，还宜吃藕。脆藕炒毛豆，配泡饭吃。毛豆已经够脆，藕则脆得能嚼出"呲"的一声，明快。生藕切片，宜下酒。糯米糖藕，夏天吃略腻了些，还黏，但搭粗绿茶，意外地相配。

夏天喝粥，最好的搭配还是咸鸭蛋。好咸鸭蛋，蛋白柔嫩，咸味重些；蛋黄多油，色彩鲜红。正经的吃法是咸蛋切开两半，挖着吃，但没几个爸妈有这等闲心。一碗粥，一个咸蛋，扔给孩子，自己剥去。

吃咸蛋没法急。急性子的孩子，会把蛋白蛋黄挖出来，散在粥上面，远看蛋白如云，蛋黄像日出，好看，但是过一会儿，咸味就散了，油也汪了。咸鸭蛋配粥应该连粥带蛋白、蛋黄慢慢吃。斯文的老先生吃完了咸鸭蛋，剔得一干二净，寸缕不剩，留一个光滑的壳，非常有派头，可以拿来做玩具，放小蜡烛。小时候贪吃蛋黄，总想着什么时候能只吃蛋黄就好了。后来吃各类蛋黄的菜，才发现蛋黄油重，白嘴吃不好，非得有些白净东西配着才吃得下。

就这样，可以一整个夏天不见荤腥，也不觉得嘴里淡。清清爽爽一个夏天过去，到西瓜也买不到时，那就是秋天了。

> 中国人擅长
> 把一切节日
> 变成吃节

中国人最坚韧,擅长化悲为乐。比如说,明朝时候,杭州人把清明节过成了郊游节,妆饰一新,出门踏青,扫完墓就地野餐乐饮。重阳节亦是如此。按《易经》说法,九为阳数,九月九日,重九之数,是阳气极盛时。三月三踏春,九月九踏秋。秋收时祭天祭祖,佩茱萸饮菊花酒求寿。曹丕认为"九为阳数,而日月并应,俗嘉其名,以为宜于长久,故以享宴高会",过重阳节是凑个时令,要长寿的意思。当然,中国人的传说里,从来不缺邪性的典故,梁代吴均写《续齐谐记》做了个解释:汝南人桓景跟着方士费长房[就是"费长房壶中日月",会缩地术那位]游学,费长房跟他说:九月九日,你家有灾;回家去,让家人做绛囊,盛茱萸,系胳膊上,登高饮菊花酒,就能避祸。桓景照办了,登高喝酒回了家,发现家里鸡犬牛羊死了一地——算是替家里人遭了祸。

重阳节还带祭祀秋天的任务，用黏米做糕，感谢上苍。

　　按这种说法，重阳节其实是登高避祸节。山东昌邑以前也有规矩，重阳吃辣萝卜汤，"喝了萝卜汤，全家不遭殃"；滕州不许出嫁不到三年的女儿归家过节，"回家过重阳，死她婆婆娘"。当然这也只是地方习俗，大多数人过重阳很悠闲，就是爬山喝酒。细想来，插茱萸，饮菊花酒，都有道理。哪怕不为了避祸，茱萸可以防虫驱寒，菊花可以解热去煞。金风肃杀时节，配这二物没错，但也有不那么仪式化的，比如孟浩然，"待到重阳日，还来就菊花"，一点儿都没有避祸的慌张，纯粹是郊游取乐，贪图朋友的鸡黍、青山、场圃、田家。这就是中国人过节的精神啦。

　　中国人最重饮食，而且不节不食，节令献祭、聚会饮宴，最后都是为了个吃。以前北京的山东馆子，极聪明，每逢重阳节，不只喝菊花酒，还出个"菊花锅子"。因为重阳节是入秋，须进补，可是宅门里太太小姐,多有类似于林黛玉体质的,纤弱不胜,不能跟北方大汉似的狂吞涮羊肉。用菊花瓣儿撒火锅里,另加刻意削薄的鱼片、羊肉片、藕片等物,一涮就熟,温润中不失清和,专门迁就太太小姐们。袁枚《随园食单》里则说过一个栗子糕,是重阳小食,把栗子磨成粉,加糯米和糖,蒸成糕,撒上瓜子、松仁,当零食吃,甜软香糯,怎么吃都不会伤脾胃。

栗子糕

正经重阳节传统食物,就是重阳糕。隋唐之际,重阳节还带祭祀秋天的任务,黍秋收获,于是用黏米来做糕,大家边吃边感谢上苍;富贵人家用枣子和栗子混合做,图个香甜。北宋末年,重阳糕已经成了规模:蒸得了糕,还要加石榴果粒、栗子黄、银杏、松子肉,上面插剪彩色小旗,图个漂亮;偶尔还会加猪羊肉和鸭肉。明朝时还有种玩法,是拿重阳糕搁儿女额头,祝愿:"愿儿百事皆高(糕)。"取谐音,图个吉利。历来重阳糕配方不同,但都高热量、高糖分,无非为了大秋天,补一补气罢了。

菊花

菊花酒的规矩不难解释:中国人历来喜欢吃花喝花,不独菊花一味。屈原"夕餐秋菊之落英",是直接

菊花酒

吃花。曹丕趁重阳节,给钟繇送菊花,认为那天一切植物都萎靡,只有菊花"纷然独荣",若非"含乾坤之纯和,体芳芳之淑气",怎会如此?菊花用来泡茶就很香了,泡酒更妙,而且不只重阳节能喝。《金瓶梅》里,夏提刑和西门庆交好,到十月份还制了菊花酒送来。西门庆嫌这东西"香淆气的,没大好生吃",后来要吃时,"碧靛清,喷鼻香"。喝菊花酒有讲究:未曾筛酒,先掺一瓶凉水,"以去其蓼辣之性,然后贮于布甑内",这样再筛出来,醇厚好吃。这意思很明白:菊花酒香得有蓼辣之性了,要加水稀释才好喝。王维想象山东兄弟"遍插茱萸少一人",很感伤,其实兄弟们登了高,香甜的菊花酒喝着,黏而又甜的重阳糕吃着,还自觉能延年益寿,再感伤也有限,苦的倒是他自己,只好"每逢佳节倍思亲"了。

中国人善于将一切节日过成吃节,重阳节也不例外。说来似乎不甚严肃,其实古代岁时叵测,生活并不那么容易。每个节日,神神鬼鬼很叵测,亲人又未必在一起。不认真吃点东西,真过不去——世事已经那么艰难,再不让吃口好的,怎么对抗无常世事呢?

鲜味
它是什么味

宋应星写《天工开物》，提到盐，明说咸味对人类的意义，独一无二。所谓"口之于味也，辛酸甘苦经年绝一无恙。独食盐禁戒旬日，则缚鸡胜匹，倦怠恹然。岂非天一生水，而此味为生人生气之源哉？"

的确，酸甜苦辣这些味道，都是配角。有了，好；没有，也不会死。咸味才是人生第一需，没有盐，东西都吃不下去！

人类历史上找甜味，基本大略是麦芽糖、甜菜、蜂蜜与各类水果。甜品就是一场轻软柔滑、浮光掠影、看着虚无缥缈但那瞬间很甜蜜的海市蜃楼。

比起咸和甜，酸不算是正味，但是不论是醋与梅汁这类外来调味，还是发酵腌制出来的酸味，都撩人开胃，刺激、诱惑，能勾人，活跃跳脱，略刺人，味道好，够诱惑。

辣带有急风火电的、撩人刺激的火炽之感。

　　墨西哥人考证说,重辣能刺激人脑产生快感,所以辣带有急风火电的、囫囵吞枣的、狼吞虎咽的、撩人刺激的火炽之感。

　　酸甜咸辣,我们都知道了,醋糖盐与辣椒,一一对应,很天然。

　　可是：我们最钟爱的鲜,到底是个什么味道呢？

　　鲜与咸,并不能画等号。咸味很单纯,鲜味则带一点发散的味道,有酸与辣的微微刺激性。鲜极了的汤,会让人"吸溜"一声,觉得头皮发麻,背上发凉,让人感觉美好。

　　所以,怎么才能得到鲜味呢？

　　科学家会告诉你,味精很鲜,因为成分是谷氨酸钠……饮食的味道,扯到化学式,听着就煞风景。上一代的阿妈们做饭,最忌讳的就是味精。为什么呢？寻常人家,会说味精吃了口渴；挑剔的,会说味精的鲜味不正。

哪里不正呢？哎呀，反正就是不正啊！

其实，该是这样的：味精的鲜味，太正了！——正得有点假。

喝过鲜榨果汁的人，一定都明白这道理：比起超市售卖的瓶装果汁，日常鲜榨的果汁，未必会那么甜，也许会酸些，甚至会有涩味。喜欢的人，会觉得这是鲜活滋味。这点酸与涩，是为了果汁的新鲜度，付出的一点小代价。

味精的道理，就像是瓶装果汁。味精的鲜味，被提炼得太纯了，太浑然天成了，于是显得假。就像一个女明星，瘦骨嶙峋，皮包骨头，却有一对匀称完美、躺下还硬邦邦挺立的胸，那就可能是假的。有胸的女明星，大多逃不出体脂略高、锁骨不明晰等特征，但这样才真实，才动人啊。

味精的鲜味，就像那过于完美、毫无其他副作用的假胸，可以很美好，但太孤立，太突兀。无根之木无源之水，鲜得莫名其妙，就很可能是假的。世上那么理想的事，毕竟少得很。自己炖过汤的诸位，一定都明白，纯粹的鲜味多么难得，就像经典物理里，设想的理想状况似的——实际几乎不存在。

日本传统做汤头，鲜味就不是凭空来的，得是昆布加鲣节，还有些要加猪骨，熬煮得来的。有些日本老料理师傅，为了怕味道太重浊，会用昆布在水里过一下；鲣节，即木鱼花，也是烫过便捞起。我去老拉面馆，见到过两位老师傅在案内，面色凝重，一人舀起一勺汤头让另一人尝，目光炯炯，见另一人肯定地点点头，这才放了心。在老店铺里，质量检验都是靠老师傅们"身经百战"的舌头。

咸肉

老酒

排骨

笋

我妈按江南老法子教我炖汤，方法是：好的食材，比如好鸡好鸭，用葱姜酒，花时间，熬火候，慢慢炖出味道，最后加盐，味道全出。如果有好食材就事半功倍，比如苏州、上海、无锡人每年春天要吃的腌笃鲜：咸猪肉洗净，大火烧开，加点儿酒提香，慢火焖，加笋，开着锅盖等。咸肉有岁月、盐与猪肉联合运作出来的醇浓的味道，排骨炖笋好在清鲜，但终究淡薄，总得加味精与盐。但是加了咸肉，像新酒兑陈酒，一下子多层次多变化了。咸肉是一锅腌笃鲜的魂灵所在，汤白不白厚不厚，味道鲜不鲜醇不醇，都是它在左右。

法国人做汤头有个讲究，叫 fond。经典的做法是这样：取小牛骨头，关节处最好——为的是动物胶——放进烤箱，烤得微微发焦后，与胡萝卜、洋葱、大蒜、生姜等切片一起，放进深水锅里，熬煮，去渣，下大葱等香料，熬透之后，自带鲜味。法国人在这方面颇为执拗：本国的奶油，上好的汤头，这才能做好酱料。比如布列塔尼人，还信奉本地奶油、本地牛骨，才有味道，觉得他处的汤头都不好。不好在哪里呢？不知道，反正不好！

世上天然的鲜美也有，比如笋，比如菌类，比如鸡枞之类的神物，但毕竟太少了，而且递给你个生菌干啃，也不会鲜；再好的松茸，也得撒盐略烤，或是拿来蒸透，才有味道。所以，鲜味是活的，慢慢提炼出来，才会真正动人。你跟阿妈们建议"不够鲜，要不然下点味精"，立刻会被一脚踢出厨房。

夏冬饮酒

夏天论理，最该喝啤酒。其他的酒各有其适宜的饮用温度，葡萄酒还得醒酒。唯有啤酒，最适合冰饮。好啤酒尤其等不得，也不宜咂嘴慢品；倒满一大杯，泡沫盖住酒，以免香气逃逸；趁冰凉且泡沫丰满时，尖着嘴伸进泡沫里，咕嘟嘟一气儿喝完，痛快之至。如果倒了啤酒，等久了，凉意也去了，泡沫也散了，只是一杯苦水，无趣得很。

我以前去青岛玩儿，黄昏向晚，沿东海路走，买罐啤酒，看见有卖烤鱿鱼的铺子——青岛遍地都卖烤鱿鱼——就买一堆；因还没到中夜，生意还没到最红火时，膀大腰圆的老板也闲着，就摸出一塑料袋啤酒来，自己喝一口，问我："要不要？"我给吓着了，说我喝罐装的就成；老板点头，于是又豪迈地咕咚了好大一口，圆起腮帮漱了漱口。

啤酒该是麦芽酿的。历史书说啤酒最初出自美索不达米亚平原，延至埃及，修金字塔的工人就喝啤酒抵抗烈日，克里奥帕特拉女王还用啤酒来洗脸。但那会儿的啤酒没有啤酒花，太甜了，犯腻。直到啤酒花加进去，才苦中带香，清新爽冽，冰了喝尤其爽快。

蟹肉早餐（1648）
威廉·克莱兹·海达 Willem Claesz Heda | 1594—1680 | 荷兰
荷兰画家威廉·克莱兹·海达画作《蟹肉早餐》，大海环抱的荷兰，鱼蟹海鲜自是不缺，早餐桌上，螃蟹、柠檬配一杯白葡萄酒，也许就是贵族之日常吧。

17世纪的荷兰人，喝啤酒多过喝水：因为他们填海造陆，跟海水抢土地，淡水太稀有了，净化也麻烦，反而是进口啤酒，还便宜些。荷兰周边，德国、比利时都产好啤酒，欧洲古代最好的啤酒和葡萄酒都出自修道院。我有位法国老师，每次聊到中世纪宗教史，总忘不了补这一段，补完了就慨叹，觉得中世纪教士真会享福。

夏天，布列塔尼和诺曼底人爱喝苹果酒。普通些的，是普通酿造酒，用苹果汁发酵；特殊些的，是用现成的酒直接浸泡苹果。最温和的乡下做法，是酿出苹果酒后，再泡苹果，从而得出的酒呢，苹果味浓，酒精味淡，口感清澈，后劲醇厚。这通常是各小餐馆老板的看家本事，自酿苹果酒配着白奶油炖贝类端上。这苹果酒冰镇得花时间，因为许多乡下小店做这酒都是自酿，没有成瓶装，得临时冰了端来。

重庆、四川、贵州，到夏天都有冰粉卖，我在重庆所见的路边摊，多一点花样，可以加凉虾和西米露，再加红糖和醪糟。我经常跟老板娘说，免去其他，直接来碗冰镇醪糟。端着碗，嗞溜吸一口，甜而又冰，满嘴冰凉，又甜，又有醪糟那股子酒味，煞人舌头，让人不觉就口发咝咝声，略感痛快，太阳穴都冰得发痛，这才叫真痛快。然后喝第二口，第三口，咕咚咚下肚，满嘴甜滋滋的。老板娘，再来一碗！

冬日饮酒，最妙的描写，莫过于白居易《问刘十九》，曰"绿蚁新醅酒，红泥小火炉。晚来天欲雪，能饮一杯无"。新酒红炉，要下雪了，喝一杯吧？清新醇浓，兼而有之。不过等等，绿蚁新醅酒……是个什么玩意？要吃蚂蚁吗？唐朝长安人，喝的主要是米酒。那时离阿拉伯蒸馏技术引入还有小几百年，酒都不烈，所以李白斗酒诗百篇，不会酒精中毒。新酿米酒，有酒渣，是所谓浊酒；过滤了，就是清酒。清酒待客，自然更端正些，但白居易这新酿米酒，还有酒渣如绿蚁呢，于是格外质朴自然，让人想盘腿坐下来，红炉呵手，喝新酒。大妙。凑着炉子喝，酒也不用特意温过了吧。

我故乡江南，老一辈人，夏天喝啤酒，冬天喝黄酒，讲究"黄酒要温过"。黄酒是以前所谓南酒，《金瓶梅》《红楼梦》里女眷都能喝，刘

中国古代黄酒最宜热着喝。《红楼梦》中,描写喝酒的场面有六十多个片断。《红楼梦》第六十二回,宝玉生日。探春道:『我吃一杯,我是令官,也不用宣,只听我分派。』命取了令骰令盆来,『从琴妹掷起,挨下掷去,对了点的二人射覆。』宝琴一掷,是个三,岫烟宝玉等皆掷得不对,直到香菱方掷了一个三。探春道:『自然。三次不中者罚一杯。你覆,他射。』宝琴想了一想,说了个『老』字。……湘云见香菱射不着,众人击鼓又催,便悄悄地拉香菱,教他说『药』字,黛玉偏看见了,说『快罚他,又在那里私相传递呢。』哄得众人都知道了,忙又罚了一杯,恨得湘云拿筷子敲黛玉的手。于是罚了香菱一杯。

姥姥认为"如蜜水儿似的",简直是饮料。薛宝钗又劝过贾宝玉,酒不能冷喝,不然凝在五脏里不好。其实哪怕不论健康,黄酒也是热了好喝。余华的《许三观卖血记》里,每次许三观卖完了血犒劳自己,便要英雄般地敲桌子:"炒猪肝。黄酒温一温!"

日常家里,每顿饭,主妇煎炒烹炸之余,另空一炉灶,用烧水的铫子,热着黄酒;黄酒一热,酒香甜浓,洋溢室内,丈夫就熬不住了,直嚷:"先把酒给我!"江南人冬天喝热黄酒,惯例会入嘴过喉,嘴里"咝"的一声,满脸笑意漾将出来,这就是过了瘾了。须臾,全身暖将起来,热乎乎的,好。

白酒自然不用温,但白酒在冬天,不适合独自静饮,容易带出愁肠。须得对面有位同样脸红脖子粗的兄弟,桌上摆开血肠、锅包肉、花生、海蜇头、羊肉白菜馅饺子,然后撒开喝,喝得外套穿不住了,脱了接着喝。脸红脖子粗,话一出口就飘,你说你的,我说我的,不约而同大笑,痛快。酒在腔子里发热,心跳直映到太阳穴去了,这才是痛快呢——冬天喝酒的最高境界,就是把冬天都喝忘了,多好!

法国和德国的超市,一到冬天,便布满威士忌和伏特加,趁势还兜售鱼子酱。大概也明白到了冬天,圣诞大采购,大家手头都松,也愿意年下了犒劳自己,平日见了银鳕鱼烤章鱼都要忖度的小气鬼,这时会豪迈地抓起鱼子酱,让身旁刚换上皮草的女朋友笑逐颜开。买了鱼子酱,怎么能不顺手买伏特加呢?

伏特加和威士忌好在都不复杂。不用如葡萄酒般特意小心服侍,生怕伤了人家吹弹得破的酒体。欧洲大陆以前是威士忌和白兰地的地盘,可是现在以瑞典绝对伏特加[绝对伏特加:世界知名伏特加酒的品牌,产自瑞典]为首的伏特加正逐渐占领世界。伏特加好在味道纯粹：除了酒精，就是水。虽然绝对牌子会出各类香草味、水果味的，但其实冬天的老酒鬼们在乎的不是这个，而是扬脖子就喝，除了酒精就是酒精，香甜辣，都在里面。烈性酒爱好者，把烈性酒全叫作sprits（精神），就是讲求个纯粹。我推荐的喝法很简单：伏特加，也不用管牌子——能买到的，大体都差不到哪儿去了——平时搁冰箱里镇着，冬天要出门，拿瓶子出来，倒满杯底一根手指宽度，一口报完，满嘴甜辣香，一条冰线下肚；披衣出门，走到楼梯口，须臾就全身暖和起来，头脑会微微发飘，还没醉，但仿佛一根紧缚着思绪的绳子，被解开了似的。之后的一两小时，你的思绪都会沉浸在这种感受里，妙得很。

说冬天喝葡萄酒有些怪异，但其实也可以。众所周知，欧洲大陆，一般产区越南酒越甜。有些干型葡萄酒爱好者会觉得甜酒爱好者都是小孩子，喝个好玩罢了。但架不住每年冬天，法国各个铺子都会卖鹅肝酱，搭送适宜入口的甜白葡萄酒。每年这时，如居朗松这样的甜白葡萄酒产区便大行其道了。大冬天，偎在加温到让人脸红扑扑的、外套都穿不住的房间里的沙发上，吃一口滑酥香浓的鹅肝，配一口果香醇浓到发腻简直感不到酒精味的甜白葡萄酒，会有种膏腴甜美、仿佛可以就此睡着的安适感。久而久之，鹅肝吃完了，你还是会怀念那半透明、微黄、其稠如蜜的甜白葡萄酒。

日本酒里上等的大吟酿，由精磨过的米酿就。日本人相信米磨去了脂肪和蛋白质后，只留淀粉，酒香会格外澄澈。确实大吟酿闻来就冷香流动，透明如舒伯特的钢琴协奏曲。但冬天喝大吟酿，不宜加热，一加热香味即变，所以哪怕天寒地冻，喝大吟酿还是冷着喝，清香馥郁，直入肺腑；冷上加冷，别有透明风味。

时间
的味道

　　肉得吃新鲜的,这似乎算是常识。《水浒传》里吴用去石碣村见三阮,三阮问酒家有啥好吃的,答曰"新宰得一头黄牛,花糕也似好肥肉"。阮小二高兴,"大块切十斤来"。然而在欧洲,未必就这么操作。早在18世纪,欧洲就有这样的技艺模式了:肉牛养殖,是买六七个月的小牛,回去饲养;养超过三十个月,宰杀,可这新出来的牛肉,不能立刻嚷着"新宰得一头黄牛",就端去给英雄好汉吃;却将牛剖开两爿,需要时还得挂起来。不懂行的人偶尔看见,会吓一跳,觉得两爿肉悬空而挂,腔内毕露,真是残忍可怖,以为误入哪个分尸狂魔家里,背后马上会跳出汉尼拔医生来……

　　话说这么做图什么呢?那时世上没有微生物科学,做个尸体解剖,都要被说三道四,欧洲人只是按经验执行,觉得这样可以让肉类熟成。现在当然知道啦:这么悬挂,是让肉类的蛋白质分解成氨基酸。如此改变肉类的成分,增加肉的风味和口感。所以大多数时候,熟成十到十二天

的牛肉来煎牛排，比新宰的牛肉要好吃些。多出来的那些风味，你可以说，就是时间的味道。

　　制火腿，熏香肠，其实也有类似处理方式：大粒盐跟猪肉搁一起，本来井水不犯河水；但是加上时光流动的揉搓，再悬挂腌制，味道就慢慢变了，醇厚浓郁，都在其中。老年间浙江制火腿的行当，老师傅最有权威，其权威就是准确知道时间的秘密：众人环伺，老人家悠悠然走到一堆猪腿面前，使一根挖耳朵勺，戳了戳肉质，然后说一声"成"或者"不成"，就决定大家的走向了。

　　日本人爱吃鲣鱼，江户时代日本人甚至相信，吃了初鲣，可以多活七百五十天，而且吃起来还有套仪式：初鲣就得吃刺身，才对得起它们，好比妖怪吃唐僧不会煎炒烹炸，一定要蒸吃。而回流鲣鱼呢，因为暑假没作业，吃肥上膘，就该拍松了，加葱姜蒜萝卜泥吃，也可以离火远些，

烤出油了吃；或者留下来做鲣节。

　　鲣节是日本人制汤头的秘宝。鲣鱼切好，煮完，反复烟熏［所谓"荒节"］，发霉［所谓"本枯"］，半年左右完工，就是干硬硬的一块鲣节。要吃时，使刨子刨出来，遇热便舒卷如花开，就是木鱼花。鲣节吃起来，已经和鲣鱼味道大不相同了，尤其是鲣节心蕊，味道浓鲜醇厚，非其他调味能够模仿：这多出来的，还是时间的味道。

　　日本人爱吃荞麦面，荞麦面本身没味儿，除了昆布酱油调汤和白萝卜泥，就得看酱头。老式做法，荞麦面酱该是酱油加热水加砂糖，埋三个星期；厚鲣节搁水里，从七升水熬到三升水，得了汤头，倒进酱和味霖，用文火加热，热而不滚，装罐里埋一天，蒸热，再埋一天，这就好了——这一套做法，复杂如巫术，费钱其实不多，但费工夫。熬煮，闷蒸，埋藏，等候的时光,就是为了客人能说句:"这个酱,够味道了。"

除了啤酒和日本清酒,世上大多数酒都是越陈越好。浙江人以前生男生女,埋酒于地下,日后男考中女出嫁,挖出酒来喝,中状元喝的叫状元红,嫁女儿喝的叫女儿红。当然并非人人都中得了举,只是讨个口彩。这酒等闲有十八年时光,醇厚至极,味道自然不得了。

欧洲人酿葡萄酒,年深月久贮藏,自然很珍贵;香槟酒则更琐碎,还有门手艺叫转瓶——香槟酒搁着不管可不成,老酒庄讲究须得隔段时间,有谁下去酒窖,把瓶子转一转,换个位置摆。就这么轻手缓脚一转,也是手艺。我一个朋友如此跟我解释:"就像沙漏一边倒空了,换一头,让时间继续流。"倘若时间不流,味道自然就变了。

饮食男女人之大欲,说完饮食,终于要说到男女了。杜拉斯《情人》著名的开头,"与你年轻的容貌相比,我更爱你现在备受摧残的面容"。这话非有经历者,不能理解。昆德拉《笑忘书》里有句更好玩的:女人不喜欢漂亮男人,但喜欢拥有过漂亮女人的男人。这话有些绕,但大致意思点到了。

一个人与其恋爱对象相处,其实是在和他或她以前的所有爱情做游戏,就像人喝一口酒吃一块肉尝到的味道,都是在领略这些酒与肉过去经历的时间。时间把饮食与男女雕琢成了他们现在的样子。没有人天生会举手投足不逾矩,翻开小时候的照片总能找到最天真混沌的时刻,当然,在家长的严令下,有些孩子从小就懂得规矩地面对镜头,面无表情。而他们终能成为如今的样子,这就是时间的味道——好的坏的,都是时间的馈赠,而且会继续不断在时间之流里改变。所以好的伴侣,懂得时不时地给对方转瓶,让他(她)可以继续在时间里流动,成长不息。

越冷越好吃

　　小时候，冬天黄昏出校门，便会遇到埋伏：卖烘山芋的小贩立在路旁，橘色火焰暖着眼睛，山芋香味温润醇厚，仿佛蓬松的固体，塞鼻子，走喉咙，直灌进你已经饿空了的肚腔去。没法抗拒，掏钱买了。小孩子心急嘴馋，捧着烘山芋，烫得左手换右手，也不思考一下，手都受不了，口腔如何忍耐，只顾啜开烤脆了的皮，一口咬在烤得酥烂、泛着甜味、金黄灿烂的烘山芋上，觉得像一口咬住了太阳。第一口总是特别软糯好吃，第二三口，就稍微腻了——舌头这玩意，真是刁钻古怪！可是山芋也确实是，闻着比吃着香——这时试着咬一口皮，会觉得：脆山芋皮似乎比芋肉还甜些，耐嚼些。吃完了，满嘴泛甜，满身暖和，暖黄色都装进肚里了：这就能回家了！

　　到大周末了，我和爸爸中午一起出门，吃羊肉汤。江南的羊肉汤，

把吃剩了的鱼,拿掉骨头,将肉刮碎散在汤里,放进冰箱里去放着。次日早上鱼汤已经成冻,凝结如脂膏,状若布丁,下面暗藏无数碎鱼肉,滑而且鲜,用来下粥下酒都好。

大多打着"湖州羊肉""苏州羊肉"的招牌。好羊肉汤,需要极好的羊骨头,花时间熬浓熬透,才香得轰轰烈烈。先沿路买几个白馒头或面饼,进了油光黑亮的小店,招手要碗羊肉汤。店主一掀巨桶盖,亮出蒸气郁郁看不清就里的大锅,舀出几大勺汤,捞几大块羊排。一大盆汤递来,先一把碎葱叶撒进去,被汤一烫,立刻香味喷薄,满盆皆绿。先来一口汤,满口滚烫,背上发痒,额头出汗。然后抢起块羊排,连肥带瘦,一缕缕肉撕咬吞下,就着白馒头或面饼吃,塞了肚子,末了一大碗汤连着葱,轰隆隆灌下肚去,只觉得从天灵盖到小腹任督二脉噼里啪啦贯通,赶紧再要一碗。第二碗羊汤会觉得比第一碗少些滋味,所以得加些葱,加些辣,羊汤进了发烫的嘴,才能爆出更香更烈的味道,只觉得脚底一路通透直暖到头顶,全身汗透,衣服都穿不住了,嘴里呼呼往外喷火:冬天要这么过，才有些滋味呢。

冬天也有这样越冷越好吃的食物。以前冬天下雪时，亲戚从北方来，走亲访友，与父亲说当年事，大笑饮酒，热黄冷白，嚼花生和牛肉。亲戚教我们做虎皮冻，做法是：猪皮，也可以夹杂一点儿猪肉，下锅煮到稀烂，切成块儿，然后下一点儿盐，喜欢的，搅和点儿豌豆、胡萝卜丁、笋碎儿，也可以径直把煮烂的猪皮肉，调好了味，加一点儿湿淀粉，搁冰箱里。冻得了，取出来切块或切丝。凝冻晶莹，口感柔润，猪皮凉滑，偶尔夹杂的猪肉碎很可口。配着酒，很香。可以蘸醋，可以蘸麻油。冻得越久，越好吃。

我小时候，无锡的熟食店四季有牛肉供应，但总到入冬，才有白切羊肉卖，常见人买了下酒。用来下热黄酒或冰啤酒显然不妥，通常是白切羊肉，抹些辣椒酱，用来下冷白酒。连羊脂膏一起冻实了的白切羊肉，最是好吃。咀嚼间，肉的口感，有时酥滑如鹅肝，却又有丝丝缕缕的疏落感。更妙在脂膏凝冻，参差其间。一块白切羊肉，柔滑冷冽与香酥入骨掩映其间。过年前后，买包白切羊肉回来能直接冻硬，能嚼得你嘴里脆生生冒出冰碴声。吃冷肉喝冷酒冷香四溢，全靠酒和肉提神把自己体内点起火来。因此，冬天和人吃白切羊肉喝冷白酒，到后来常发生两人双手冰冷吃块羊肉就冷得脖子一缩，可是面红似火口齿不清唇舌翻飞欲罢不能的情景。

巴黎的冬天，冰箱里只剩土豆和咖喱了，也可以活下去：土豆切块儿，煎一煎，加水，撒咖喱粉，慢慢炖。咖喱粉融的酱混着炖得半融的土豆，会发出一种"扑扑波波"的响声，比普通水煮声钝得多。这简直就是提醒你：我们这汁可浓啦，味可厚啦，一定会挂碗黏筷，你可要小心哪。等土豆和咖喱融汇了，浇在白米饭上，一片金黄，香气流溢。这还没完：没吃完的咖喱，搁在冰箱里，次日午间，端出来，咖喱已经冻冷，搁在白米饭上，前一天的浓香已经去了，倒有一种妖异润滑的冷滑浓香。跟热米饭就着，口感有些怪，但让人吃得筷子停不下来。

以前我们去乡下吃宴席，吃鱼喜欢红烧。整条鱼，闷得红里泛黑，甜香酥滑，撒了绿色葱叶。不太会吃鱼的孩子，会吃得满盘狼藉。如果主妇存一个心思，就不会放葱叶——我们那里都相信，只要汤里不放葱，隔夜也不会放坏——把吃剩了的红烧鱼，拿掉骨头，将肉刮碎散在汤里，放进冰箱里去放着。次日早上，端出盘子来，鱼汤已经冻住，凝结如脂膏，状若布丁，下面暗藏无数碎鱼肉丁。滑而且鲜，用来下粥下酒都好。我小时候不大懂，一勺鱼汤冻，搁在粥碗上，正找肉松想往粥里撒呢，回头看鱼汤冻被暖粥融了，鱼肉犹在，大惊失色，差点急哭了。

我就是学了这招，后来加以施展，白煮海鱼，如三文鱼、鲽鱼、鲣鱼时，都是下一点盐，留一点鱼汤。肥的三文鱼用盐腌过，略煎一煎，滚在汤里，再撒萝卜泥熬得的热汤，配米饭很好；如果冻了，会有乳白泛金的鱼冻，很好看，也好吃，比红烧鱼汤的汤冻，又要清爽许多。

袁枚写过，炒素菜须用荤油。这话说白了，就是有肉味，沾荤腥，多油头，能跟脂肪、糖分沾边儿的，总是比较好吃。冬天，尤其得这么过。我们当然知道一切健康的秘诀，但大多数时候，美味就是和健康背道而驰，冬天就是得吃高热量的——反过来想想：如果冬天还是只能吃水煮卷心菜，固然可以健康平淡地活下去，但这样的人生，实在也少了点乐趣呢。

创造美食的手，是让人神往的，是令人尊敬的。

美食
的正义

格拉纳达的格拉西亚广场 3 号,一家店叫 pesto43,Pesto 是香蒜之意。合伙人之一的老板是位体态匀称、穿衬衣打领结的老先生,亲自支应生意。上酒,先给诸位女士。奉送香槟,手指稳稳扣在瓶底,不输巴黎一流馆子的仪态。前菜,先送了两碟子煎鳕鱼与泡菜。鳕鱼令在座诸位"噫"了一声,松脆得宜自不待提,味道细腻精确到令人意外。大家开始讨论第一个话题:这个鳕鱼腌过没?腌过,怎么这么新鲜?没腌过,味道如何控制得这么精准?

上第二道菜。炸鱼虾拼盘,配炸过的四季豆,带两个煎蛋。老板使刀叉,将煎蛋半熟的蛋黄浇上拼盘,再下刀如飞,将半凝固的蛋白切末,混在炸鱼虾中,端上来。鱼虾与鳕鱼一样是清炸,不见油腻,只有清鲜,简直像鱼虾自己将自己拍打松脆了,跳进盘子里似的。

炸章鱼，橄榄油味道轻得令人诧异，不像地中海做法，嚼来更奇妙：本来油炸海鲜，最易入空气，炸皮与海鲜肉之间总有空隙，独这里的章鱼，肉与炸粉之间塞得饱满，牙齿感受脆劲儿后，接着就是饱满的韧香。老板来回上酒换菜，满桌朋友各自用英语、法语、西班牙语的各类高级词汇赞美轰炸他。老板半羞涩半温柔地微笑，不好意思似的。

满肚子塞满鱼虾果子后，满桌人的期望值已被拉高，待老板送出来甜品，自家调的焦糖白兰地，大家还是缴械投降了。巧克力处理精细，润滑到竟无颗粒感；奶酪与杏仁夹心饼干则刻意做出了细密感，对比强烈。吃完了，大家盘算着价格：在巴黎吃这么一顿，总得三百欧元了，在上海，怎么也得上两千元……老板送来了一瓶新香槟，以及账单：一百二十欧。于是大家的话题转了：老板，您是做慈善事业的吗？老板看着我们放下的三十欧元小费，愣了愣。而我们已经在讨论了：这个店靠什么挣钱呢？他们提供这种从头舒服到脚的饮食体验，不亏本吗？

于是次日中午，昨晚上的回忆自动将我们拉回到pesto43。老板还没上班，正穿着海魂衫在柜台后忙碌，看见我们，仿佛演员没穿好戏服，被观众见了似的害羞，请我们稍等，自己躲去后台了。须臾收拾好出来，问要吃什么；大家已经相信了老板的品位，觉得自己根本不懂西班牙饮食，于是请老板自己搭配；与此同时，我不免有些担心：老板在我心目中已经加了冠冕，仿佛是自己喜爱的歌星，很怕他出一张不那么合自己意的专辑；自己当然是对他提供的一切都甘之如饴，只是怕伤了老板完美的形象。

然后，老板用一只尾巴还能卷曲动弹的三公斤大龙虾，把所有人打败了。龙虾的钳与足，用微火烤，保留柔嫩鲜滑的汁水；龙虾的身躯被剖开，

三公斤大龙虾，把所有人打败了：龙虾钳与足，用微火烤，保留柔嫩鲜滑的汁水；龙虾身段剖开，略撒盐烤，虾脑汁是天然香味。

略撒盐烤，取其坚韧；虾脑汁有天然香味；虾壳尾另收，用来熬 Paella 海鲜饭上桌。酒是老板自己配的白葡萄酒，并且特意解释了：虽然龙虾肉鲜美，但店里用的是清淡型调味，又考虑到大家来自法国，所以挑了法国西南边境的居朗松产甜白葡萄酒，这样果味、矿物味都有，也不伤害龙虾的鲜美，而且让大家不必吃得正式，有喝果汁的感觉……最后老板自称英语不太好，也只能说到这样了。最后结账，老板划了下价格，三公斤让六个人吃撑了的龙虾，折合人民币一千二百元。最后，当然还送了甜品。

之后的黄昏，哪怕走到了不朽的阿尔罕布拉宫，大家还在讨论那位老板。大家说他是位讲究人，是位体面人，懂得吃。龙虾和章鱼被他这么调理，真是死得其所。明明店里挂着米其林认证，他却提都不提……最后每个人都认同了这一结论：美食的正义，就是完美调理食材，让人感到幸福；看到这样的店生意兴隆，大家都会觉得，世上到底还是有正义的呀。

> 爱吃的人
> 讲到吃，
> 就没法
> 太客观了 🍎

　　就欧洲而言，论地方饮食，我钟爱的顺序是西班牙、意大利、法国。越接近赤道，食物的调味越多样。通常这些地方如果再有山有海，食材丰富一点，东西绝对不会难吃。

　　西班牙有大量的炒菜，油炸、用蒜，挺适合吃惯炒菜的中国人口味。欧洲其他地方的一些吃法，对中国人来说，不劲爆，不够爽快，油头不够重，缺少鲜花着锦的爽快感。

　　在欧洲期间，印象特别深刻的饮食体验有：

　　2012年冬天在瑞士马蒂尼，吃到的非常出色的瑞士奶酪锅，纯粹奶酪和白酒的香。

　　2013年1月在里斯本老城一对老夫妇经营的店，他们腌制了很多鳕鱼肉酱用来佐面包，店不大，他们家的面包和鳕鱼是我吃过最好的。

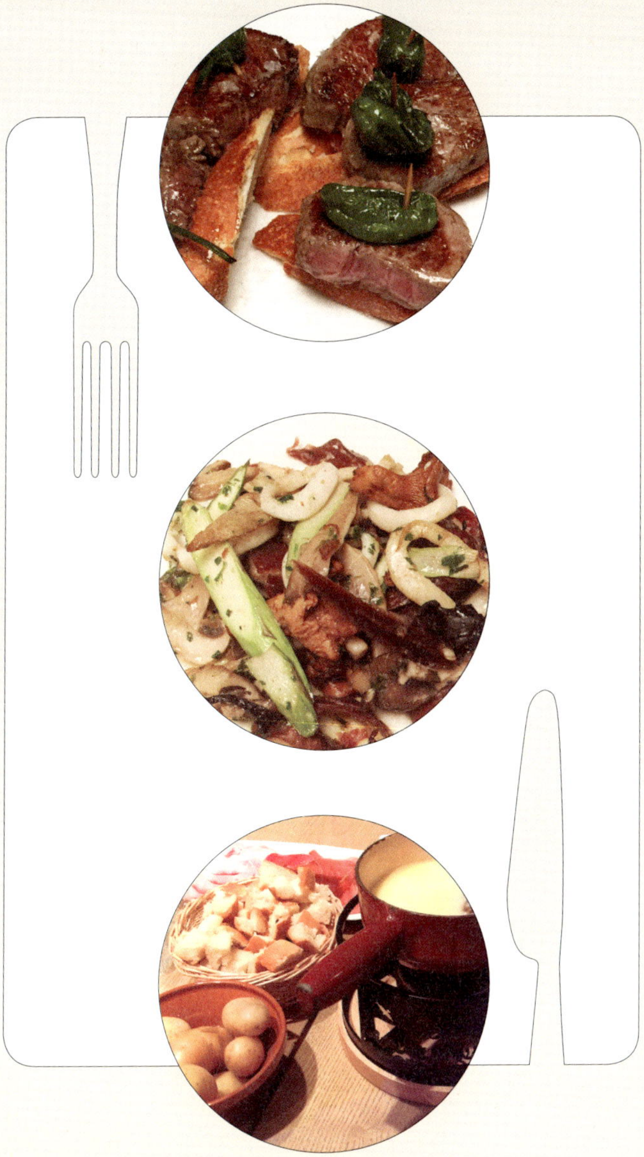

2013 年 6 月在佛罗伦萨 Da il Latini 吃的 T 骨牛排是我吃过最好的牛排，当时的感觉是震惊。

2014 年 1 月在巴塞罗那巴特罗之家的附近，有家菜馆叫加泰罗尼亚（Cataluña），那家店的 tapas 让人印象深刻，火腿、菌菇和四季豆炒蟹肉，也非常出色。

2015 年 4 月在塞维利亚，一家有点偏法式的店，有非常出色的用松子、芝麻油做的红焖牛尾，口感非常微妙——我之前一直觉得牛尾就是做牛尾汤，但是那次吃到了这种做法，很惊艳。

还是 2015 年 4 月，在格拉纳达的 Pesto 43，那家店的龙虾简直神奇，略烤出来，只加一点盐就非常好吃。

2015 年 6 月在尼斯老城，有一家店叫波塞冬，在 Tripadvisor［相当于法国版大众点评］上几千家店之中排到九十几位，是一家极其小的海鲜吧，一共也就四五张桌子。老板每次就上一大盘海鲜，会自己做家制汤，类似马赛鱼汤的口味，但会更加鲜浓。2017 年 2 月，我又去了一次，吃到了那家店冬天才有的海胆。

在日本有过两次美好的饮食体验。

2012 年春天去鸟取县的浦富海岸，在鸟取沙丘附近的地方，海边的海女直接捞起的章鱼，切好立刻淋入酱油，用牙签扎起来吃，我从来没有吃过这么活蹦乱跳的章鱼。

再就是那年稍后，在新宿歌舞伎町，天下一番街进去左手边第一家饮食店，博多天神拉面。后来也没吃过这么好的日式拉面了——大概也因为那天饿了吧。

国内可能比较在意米其林，但在国外，比如在巴黎，真去吃米其林，太费时间了。除了偶尔像去波尔多过个跨年夜之类，其他时候我去吃米其林，都是陪朋友。大多数店呢，装饰、配酒、技巧、摆盘都精湛到位，也有新意，但吃完之后，并没有相应的满足感。可能鉴赏技艺是一方面，满足吃的欲望是另一方面。

在巴黎久了，最想吃的，是无锡的小笼汤包。无锡的小笼汤包和别处不太一样，在巴黎，你能找到上海的小笼汤包，能找到宁波的小笼汤包，但无锡式的汤包没有。宁波有的汤包会大些，可能是追求吸汤。上海的汤包相对鲜淡。无锡的汤包，皮比上海、淮扬的都要厚，肉馅也大，颇有点肉糜感。无锡是出名的浓油赤酱，汤包也会偏甜一点。

味觉其实是一种自己会成长的东西。很多人其实都有类似的经历，你小时候有些东西大家都说好吃，你心里觉得一般啊，就这样啊，久了之后重历，才觉得好吃。我觉得，越是精微复杂的味道，小时候越是不懂。不少人小时候，会更偏爱高脂肪、高热量，喜欢甜的、油炸的，寻求更直接的刺激。

日本有一种说法，说一个落语［类似于中国的单口相声］大师，应该懂得清淡的味道，是得吃过很多东西后，才会明白的。鲜味是一种很精确又很复杂的东西，你真的需要吃很多东西才能明白。比如，小时候吃豆腐干，无锡人吃干丝吃很多，觉得也没什么了不起。后来到了上海时间一长，就觉得真正做得好的拌干丝是真正见功力的，需要非常好的刀功，非常好的火候。因为拌干丝是烫了之后立刻拌，这个尺度其实很重要，既不能烫到失去香味，又不能有豆腥气。

吃东西最好还是看心情。健康当然是很重要的，但你一旦过于拘束自己，反而适得其反。比如我为了健康，什么糖都不沾，但一个星期不吃糖，重则会低血糖，轻则也会逼得人拼命找糖吃。比较健康的方式大概是：各种东西，隔三岔五地吃一些，按照我的体验，很多时候你认准了一种东西吃，过段时间你就会对它失去兴趣。为了不对某种东西永久地失去兴趣，我觉得尽量不要盯着它吃。我小学时，食堂永远在做两样东西，一个是番茄蛋汤，一个是炒茭白，以至于我现在看见这两样菜有些畏惧——其实菜是无辜的，经验使然。我小时候其实也不喜欢吃茨菰，觉得略苦，后来觉得茨菰略脆的口感拿来炖汤也挺好的。现在并不挑食，也没有特别不喜欢的。本来嘛，你真的饿了时，其实没有什么东西是吃不下的。

很多人会说小时候吃妈妈做的菜好吃；真回头去吃，会发现可能并不像记忆中那么动人——这和心态、个人经历都有关系。每个人一定有一两个这样的 comfortable food。

日本20世纪80年代有种说法是这样的，经济发展的时候，大家都喜欢吃辣，经济低迷的时候，大家都喜欢吃甜。因为甜的东西能缓解人的焦虑。

我被若带得爱吃辣，但我个人认为，一味地追求辣，其实是一种急功近利的表现。懂得川渝饮食的人会知道，川渝菜也不仅是辣，其实是多种调味料混合的味道，只是体现出来最明显的是辣而已。许多馆子一味追求辣，其实是想用辣来掩盖调味和食材的问题。我们说一白遮千丑，辣也能一辣遮百味。袁枚在《随园食单》里曾经说，什么火锅都是以火逼之，都是一个味道，不好。但他忽略了一种情况：如果火锅的汤

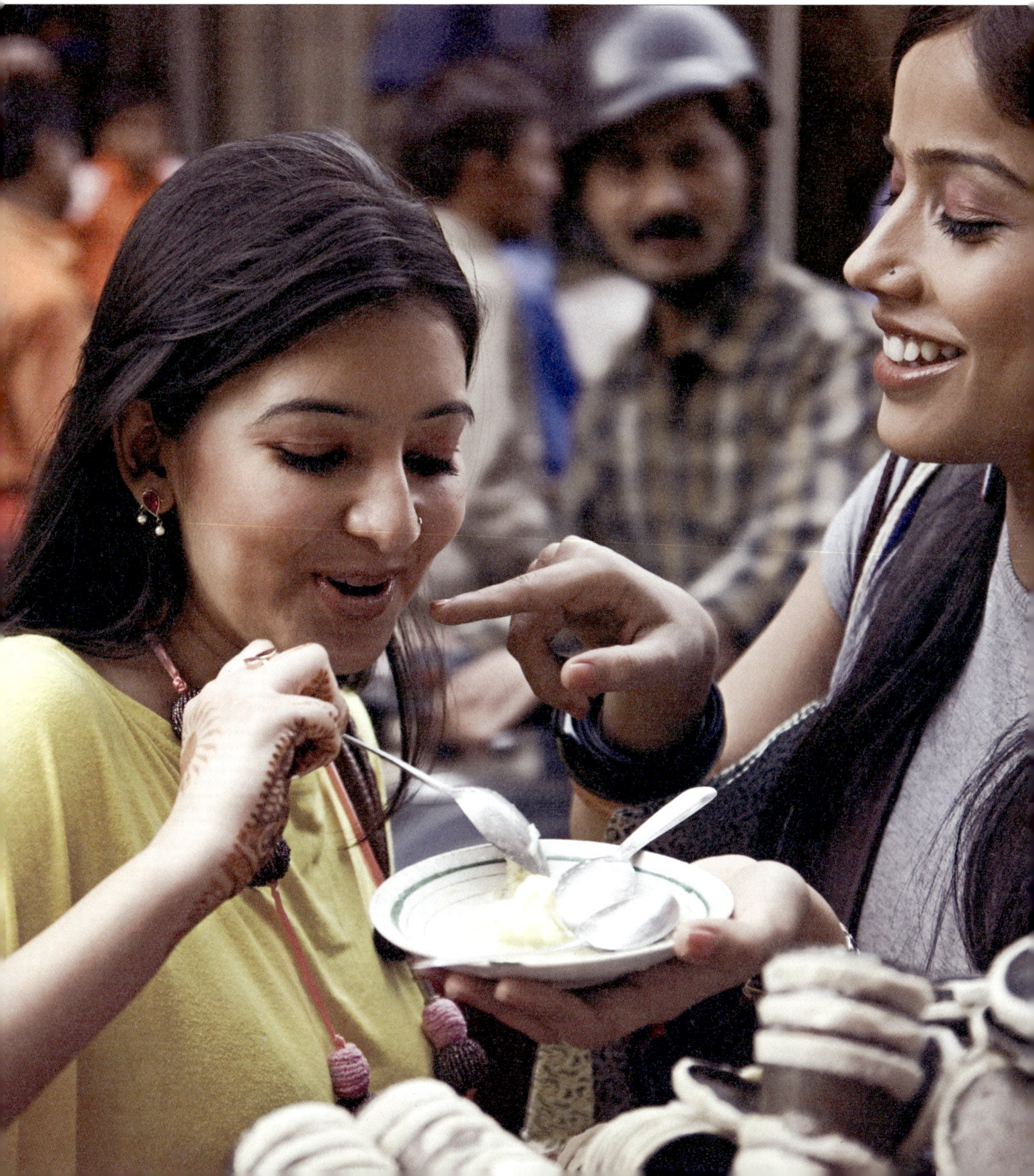

底味道，本身已经被调成了最好，那么所有的食材都是同一种味道，也没有什么大问题呀！

我一直觉得，可能会做菜的人，评论起吃的，会更宽容些。他们知道有的东西是不能强求的，因为只能做成这样。相反，没亲自做过菜的人评论吃，很容易过度挑三拣四，甚至提出些很不切实际的构思。

中国历来有许多食评家，但这里有个幸存者偏差。食评家大部分是文人，他们肚子里普遍不缺油水，所以他们吃的东西，普遍要求更精细，更雅致，更清淡。就像袁枚，他自己是个文人，就要求自己吃得精细。清朝的大诗人赵翼，就是写"各领风骚数百年"的那位，他曾经说，一个人吃了葱和蒜之后，连流出的汗都臭如牛马粪，他就完全不吃葱蒜——这多少算是一种偏见。

写吃的文章无非两种：一种是吃过见过的，像唐鲁孙先生，像蔡澜先生；另一种是文笔特别特别好，随便吃什么都能写得妙笔生花，像老舍先生。两者兼得当然更好。

有一部分人，对吃有种奇怪的理解：他们既爱吃，又看不起吃。他们会觉得，吃嘛，谁都会，这有什么好讨论的。更有人抱持一种很顽固的偏见：我喜欢的就是最好吃的，我家乡的就是最好吃的。拒绝再接受别的。用自己的经验去排他。当然这是个人选择，只是有点可惜：世界上好吃的东西明明那么多，却老是只拧着一两样，何必呢。

中餐无敌的地方在于，如果一天换一种来吃，吃不腻，又保持一定水平，中国可以凭借中餐以一个国家敌一个大洲。因为菜系多，这也和地理环境、风土人情有关。一个国家想产生好的菜系，有两个要素：第

日本陆地
示意图

法国陆地
示意图

一，优越的地理条件；第二，相对够长的文明发展时间。如果这个地方食材超级多，但没有文明，没有文化，那也没有什么可说的了。

像日本比较狭长，地理条件相对单一，所以菜系分布也会稍微单一些。

为什么欧洲人都说法国饮食最牛呢？这和地理条件有莫大的关系。法国北边诺曼底接近英国风格，西边波尔多是独特的西海岸风格，南边德隆山脉接近西班牙风格，东南那边尼斯做菜又很意大利化，东边与德国接壤的阿尔萨斯和洛林又吃很德国的菜。说穿了就是法国菜的多样化，也是地理位置决定的，它有山，它有海，它有跨经纬度广的陆地，这就够了。

我个人喜欢的美食作家，包括但不限于：汪曾祺先生、蔡澜先生、林文月先生、老舍先生、逯耀东先生、王敦煌先生等。当然我会专门挑小说里写吃的段落看，比如《儒林外史》，仅论写吃，比《红楼梦》还要接地气。当然还有《金瓶梅》。

饮食是很主观的事情。技艺可以讨论，但口味却完全无法客观。不同状态下吃到的东西也不一样。所以觉今是而昨非，很正常。对世界保持点好奇心，吃起来总会开心些。

川菜之神异处

川菜的精髓，在调味。

那位说了，什么菜都有调味呀！但川菜调味之复杂奥妙，在中国乃至世界，都算独树一帜。

全国各地的川菜馆子，都打着麻辣的旗号，但真正吃川菜多的都知道，川菜并不只一味麻辣。若单论辣，则湘菜、赣菜、黔菜，都可与川菜相抗衡。但川菜调味的丰富庞杂，应该是举国乃至举世无双。

现代川菜定型，是在清末到民国。1937 年，成都市区人口大概在四十万，大中餐馆超过一千家。那是川菜真正空前繁荣的时期。川菜的许多讲究，那时就确定得差不多了。清朝淮扬菜的兴盛，依靠富商家厨与官府。粤菜和沪菜的兴盛，依靠对外贸易基础上的繁华。川菜的隆盛，则是馆厨、家厨、中馈菜联合创造的。中馈菜里，尤其出精雕细琢的清淡菜。论起川菜食材的精细华丽和深加工，不如粤菜靠海吃海，也不如苏杭菜反复雕琢，但川菜调味之复杂，可称天下无双。

同治中期出现的麻婆豆腐，晚晴皇城坝回民创制的夫妻肺片（其实正确的写法是"夫妻废片"），南充创制的川北凉粉，抗战期间大兴的甜水面，都是靠调料的。20世纪40年代的甜水面需要辣椒油、花椒、红白酱油、红糖浆、蒜泥、芝麻酱、酱油、豌豆尖，如此才算正宗。

现代川菜的基本味型有六种：麻、辣、甜、咸、酸、苦。各种混搭，那就说不完了。咸鲜、麻辣、糊辣、鱼香、姜汁、酸辣、糖醋、荔枝、甜香、椒盐、怪味、蒜泥、家常、五香、烟香、香糟、鲜苦。还有无数复合味型，说不完。

各地的菜，各有独门绝技。比如广东的海鲜处理与老火汤；比如鲁菜中的吊汤神技；比如江浙菜里各色食材的深度加工，别的地方，没有江浙这么热衷于各色蟹粉蟹黄做的菜。相对而言，川菜并不那么重视"本味"，所以食材挑选起来极其广泛，靠华丽无比的调味，来给有好口感的食材增加味道，逗引出更神奇的味道来。本味沉睡着，靠调料唤醒。如川渝火锅中常用的黄喉毛肚、鸭肠菌花，这些东西，其他地方很少用来入菜，用来涮锅子的也少。但川菜里，类似的边角料都能运用起来。夫妻肺片，最初是取没人吃的牛头皮制作的。回锅肉，最初是一猪三吃乃至四吃里面弄出来的。川菜很少浪费材料，因为什么料都能做：调味天下无敌啊！所以川菜能点石成金。把张佳玮烫干净了切成片调味，估计都能拿来吃。

川菜里，玉堂金马的典型传奇，是开水白菜。我所知道的，老四川朋友的说法，正经是：白菜心、肥母鸡、猪排、南腿、川盐、料酒等适量。烹制重在吊汤。汤料由肥母鸡、猪排、火腿在砂锅中煨成，须以鸡脯肉馅在汤里仔细吸除油脂与其他能见到的物质，使之成为"开水"似的清汤；白菜心须经十几道工序，混合清汤上笼蒸透。主创人和出处也厉害，罗国荣先生是川菜"南堂派"大神。1941年在成都创办颐之时餐馆，1948年颐之时迁往重庆。之后罗先生执掌北京饭店，然后端出这个，说开水白菜是清末川菜大神黄晋临先生的手笔，出自姑姑宴。

如果论民间能接触到的，却是另一种菜。依我认识的师傅所言，川菜里最能考验火候的，是干煸菜。大家都说了，煸有啥难的？答：川菜里的干煸，要达到脱水、成熟、干香，要让食材从生到熟，从熟到酥，从酥到软，最后酥中有软软中带酥。调味的最后一环，是靠火功决定的，如干煸鳝鱼。四川话有一个字，左边一个"火"，右边一个"靠"，一说是"焅"。先煸后焅，先把鳝鱼煸干，再吸汁入味，火候过就柴，汁多了就软腻，差一点就会味道不对。

仅论调味之复杂华丽，依我个人所见，全世界而言，能和川菜掰腕子的……可能，也就印度食物。其他诸如意大利、西班牙和犹太食品，各有所长，但终不及川菜那么三头六臂千手观音。世上好吃的，要么食材好，比如粤菜；要么加工精，比如苏菜、浙菜；要么调味无敌，比如川菜。如果食材也不丰富、加工也一般般，调味上用香料又不精湛，最后就只能变成……英国菜。

> 油腻吗?
> 但是
> 真好吃啊

　　《红楼梦》里,给老太太上小食,一寸来大的小饺儿。老太太问什么馅儿?婆子们回说"是螃蟹的"。老太太听了皱眉:"油腻腻的,谁吃这个!"这时候,我就想举手:老太太,我要吃!螃蟹馅儿啊!老太太嫌腻,一定不是蟹肉,却是蟹黄蟹油焖的馅儿;这玩意下一点在面上,好吃;包了饺子,如果再一个油煎,出锅时香脆,入口蟹油润口,美哉!老太太,您可不知道,油是这世上最好吃的!

　　且说《儒林外史》里,胡屠户给了范进一个大嘴巴。街坊玩笑:"少顷范老爷洗脸,还要洗下半盆猪油来!"我小时候,没觉得这是揶揄,还暗思:手上带猪油,多好啊!在我故乡,熬出猪油后,剩下的固体块,叫猪油渣,貌不惊人,但脆而且香。猪油渣上撒白糖,可以拿来哄小孩子吃。熬出的猪油放在搪瓷杯里,待需要时取用:熬汤时,刮一勺;炒菜时,刮一勺;捏饺子,刮一点——饺子菜肉馅,加猪油,煮熟了,猪油融化,面皮濡润,馅料酥融,好吃。《儒林外史》里有所谓猪油饵饺,大概就是这个意思。

古龙笔下阴险的反派，律香川和唐玉，都爱吃蛋炒饭。唐玉是前一晚杀了人，第二天早起，半斤猪油、十个鸡蛋，炒一大锅蛋炒饭，看着妖异，其实很妙。袁枚提倡，荤油炒素菜，素油炒荤菜。蛋炒饭不荤不素，用荤油炒，既不会太腻，又有味道。聪明。猪油炒的蛋炒饭，金黄油亮，除了蛋香，还有脂肪香，妙哉。

在重庆吃火锅，许多铺子会这么玩：一个锅请你看着，一大块牛油，当着你面放下去，颇有点老年间海鲜铺子请客人吃前先过目的劲头。重庆火锅就是爱牛油的重味，讲究火锅汤滴在桌布上，须臾便凝结为蜡状；所以在重庆红锅里吃蔬菜，是件极考验技巧的事：一来蔬菜吸油，二来容易夹杂花椒；一筷蔬菜，可能比一筷肉都厚腻。所以重庆人吃锅子，比如毛肚，下去一顿，用牛油红汤烫熟了，正在鲜脆当口，再用香油蒜泥过一下，多了蒜泥香油味，保留了渗入筋骨的麻辣，又略洗掉一点牛油的厚重——如此，麻、辣、蒜香、麻油香、牛油香等等浑融一气，方是重庆火锅真味。去了牛油，就少了那份厚重。

香港人说的牛油，是大陆人说的黄油，所谓butter。港式茶餐厅里菠萝油面包，刚烤好的面包，香酥蓬松，配冷黄油，一刀切下，冷黄油被热面包一烤，表面略融，就势一口下去，香浓势不可挡。

法国人饮食里，少不了黄油。正统的法式煎蛋omelette，用铜锅或铁锅，加温到下水即蒸发的地步，下核桃那么大的黄油，在高温锅里融化到金色，下鸡蛋，等它变成金黄色，最后最多加一点盐或胡椒，不能加其他味道了。法式土豆泥，土豆煮熟后，黄油加热融化，加一点牛奶来拌打，到柔韧成泥的地步，最多加一点盐，不能加其他味道了。法式煎

悠可不知道，油是这世上最好吃的！

黄油土豆泥，要黄油带来的那点香味，那点黏腻柔软之感，那点半固体的蓬松感和柔滑感。

蛋和土豆泥体现着法国人的口感：要黄油带来的那点香味，那点黏腻柔软之感，那点半固体的蓬松感和柔滑感。

中国古代，人们爱吃鹅油。《红楼梦》里，有所谓松瓤鹅油卷；《金瓶梅》里，有玫瑰鹅油烫面蒸饼。我在广东馆子见过鹅油，白得欺霜赛雪。鹅油点心带点丰腴感，起酥拌馅，都香甜。台湾有作者说过"鹅油翻毛月饼"，想来好吃。

我自己在巴黎喜欢做鸭子吃，每次切完一只鸭子，留下一个鸭架，一大碗鸭油。鸭油可以拿来炒蔬菜，真只需要几滴鸭油，立时可以让空心菜、蓬蒿菜、大白菜，通通被点石成金，从冰清变为玉洁——鸭油是能让蔬菜呈现玉质的。据说梅兰芳之前独爱北平恩承居的鸭油炒豆苗，豆苗青绿，鸭油如玉，真是翡翠碧玉鲜，想着都馋。

秋末时分，我清冰箱时，把剩下的材料凑了凑，做了碗鸭油鲑鱼空心菜蛋炒饭。我知道这黑暗料理听着神经，但鸭油的确是：炒一切都好吃。

既温且饱，才是冬天夜宵的王道

《红楼梦》里妙品无数，但最让我有感觉的吃食，是这样的：元宵夜，老太太先说"寒浸浸的"，于是移进了暖阁，后来又说"夜长，有些饿了"，凤姐回说有鸭子肉粥。老太太说不要，要吃清淡的，罢了。

"鸭子肉粥"这四字，我刻骨铭心地难忘。想想啊，又是元宵夜，又"寒浸浸"作为铺垫，这时吃鸭子肉粥别有妙处：虽然鸭子肉粥是凉补的，但鸭肉能熬化到粥里，火功极到家了，可见酥烂浓郁、温厚怡人。跟"寒浸浸"一对照，想着都让人心里暖和起来。

春夏之消夜与秋冬之消夜，大不相同。我以前去广州，晚上光脚穿人字拖去吃肠粉烧鹅，不觉想起了《胭脂扣》里万梓良吃夜宵，遭遇女鬼梅艳芳的画面。或许是受了这场景影响，广东小吃味道之细罕有其匹，但我没有那种秋冬天吃饭，"吃出汗来"的亢奋。

回程在苏州，时已秋转冬，天气沁凉。晚上穿单衣找到个兼卖烤串的羊肉汤店，边抱怨天气凉得快边要了个葱段覆盖萝卜和羊肉的砂锅，一锅吃下去，觉得全身暖和，寒意全都化作白气，冒到一佛升天。立时觉得："嗯，消夜的感觉回来了。"

江南夏天消夜，一般取其清爽利口，譬如各类河鱼海鲜螺蛳之类，可以拿来下冰糖黄酒；秋冬消夜，就得风格豪放些。本来嘛，吃夜宵是极私密的事。到黑灯瞎火时，白天还精算着"吃一口肉等于多少脂肪等于多少分钟慢跑"的心绪，早被午夜时分连馋带饿给驱散，变成了"老子就放纵一回了怎么地"。所以，吃夜宵比吃三顿正餐要家常市井得多。秋冬夜半清冷，又"寒浸浸的"，不要鹅掌鸭信这些嚼着有滋味的，顶好是鸭子肉粥这类温厚浓醇的。

既温且饱，才是冬天夜宵的王道。

秋冬吃夜宵，气氛很重要。《骆驼祥子》里写北京小酒馆，外间黑夜，北风凛冽，房里喝酒，吃烙饼，喧嚷，末了祥子买了几个羊肉包……看得我垂涎。以前上海街头，常有到处游击的小炒摊，隔百米远都是一片辣椒、油、锅铲噼里啪啦的爆炸声。炒粉炒饭，宫保鸡丁之类家常菜，夜半溜达的无聊宅男、民工，小区打麻将打累了的大叔，吃得乒乒乓乓。味道寻常，但油香重热气足，能勾引方圆一里那些午夜空空见底的胃。

在冬天的北京，我吃过一家东北馆子，豆腐皮、酱、大葱齐上，卷着吃奇香无比，但略嫌生冷。另叫一份猪肉炖粉条，容器巨大如脸盆，热气腾腾，端的是好威风。白雾氤氲下，气为之夺，没吃呢，已经觉得被这消夜的气势给撑饱了。当然，冬天夜幕下最刺激的，还是烤串大

烤串大军：轰轰烈烈，火光毕剥

军：轰轰烈烈，火光毕剥，各类香料随吃喝声刺鼻巡胃剐肠，连冷带亢奋，真有"偷着不如偷不着"的悬念刺激感。

鸭子肉粥什么的，大户人家才备得起。我等升斗小民，又是秋冬凛冽时节，吃夜宵务于快速敏捷，所以大锅怒炒，烈火猛烤，能驱咱寒气的东西，最是适合。有朋友考证给我听，说四川担担面，最初就是应用于消夜的伟大发明。太太们晚上麻将打得倦了饿了或是要聊八卦了，叫街上做担担面的，臊子、面、汤，简单搭好，香浓美味。

江南也有类似的，乃是小馄饨。现在是车子推着，据说以前流行的是挑子，可以上溯到宋朝。情随事移，但馄饨大致格局不变：总归是各类馄饨馅一抹皮子包着，另一锅极浓极香的汤，有打麻将的要，就汤下馄饨，递过一碗去，稀里呼噜连吃带喝完了，嘴里鲜美，背上出汗，接着打牌。其实那点馄饨连馅带皮能有多少，更多是为了喝口汤借个味取取暖罢了。

冬天消夜，围炉吃火锅自然最妙。但是北京涮锅子一个人吃总是不大对劲，还不如吃卤煮火烧。同理适用于泡馍和新疆撕馕羊肉汤。重庆的小火锅稍好一些，重庆和成都都有喝夜啤酒的习惯，但入冬极冷，单喝啤酒牙关打战，又不能像江南黄酒温过，再放姜丝。我曾经在重庆大礼堂附近住着，逢夜就沿山而下，找一个小火锅店，四五十串煮着，就火取暖。仗着火和辣，狐假虎威地跟老板说："啤酒要冰的。"这是重庆锅的好处：一人吃来，也不会显得凄怆凋零、可怜巴巴。吃喝完肚里火烧火燎，带醉上山，走两步退一步，鲁提辖当年怀揣狗肉上五台山的感觉，也有了十之一二吧。

蔡澜说，黑泽明一辈子爱吃夜宵，理由："白天饮食补益身体，夜晚饮食补益灵魂。"晚年身体偶有小恙，医生劝黑导戒吃鸡蛋。他老人家本来不爱吃鸡蛋，一听此话，开始狂吃鸡蛋。"心有挂碍就是不好！不是不叫我干什么吗？我偏干什么！"

我没福气跟贾府老太太似的吃鸭子肉粥，倒吃到过一回鸡汤泡饭。还是以前在上海时，小区后门外，有家卖白斩鸡的店。上海人大概晓得：上海白斩鸡店一般兼卖鸡血鸡杂汤，讲究些的是鸡骨头熬的，加一点胡椒和盐，不算多丰腴，就有了鲜味。某年过年前夕，我一人在上海，晚上写完一篇文章，饿极了，出去晃荡。路过白斩鸡店，看卷帘门下了一半，一灯如豆。我问老板还有没有鸡汤，老板抬头看看我："鸡汤都给我泡饭了，你要不要？"

三黄鸡

就是大半锅剩下的鸡血鸡杂汤，一点葱花，一碗米饭，正煮着。我于是坐下来，跟老板一起等鸡汤泡饭。老板还拉着腔调教我："不要急。鸡汤泡饭，就是要慢慢笃一笃（此为吴语），才有味道。"我说是，不急。俩人搓着手，在江南没有暖气的寒浸浸的冬天里，就着炉灶等那一锅鸡汤将米饭泡润起来——现在想来，没吃到时那片鸡香暖味，再也没遇到过了。

慢慢笃一笃
的鸡汤泡饭

世上真正的吃货

吃货这词，本来是骂人的。互联网时代，大家习惯拿来自嘲用，就没贬义了。但随之而来的，是遍地吃货。然而吃货和吃货，还是不同的。

我某位同学的爸爸，四川内江人，有一天开着车在路上呢，红灯停了，手指敲着方向盘，忽然想起什么，让女儿帮着拨电话："那个汤，可以开始热了，我还有十五分钟到家，这样客人们正好来得及吃，味道刚好。"

还是这位。他女儿和他准女婿初次见他时，迟到了五分钟还是十分钟吧，全桌都等着。老岳父脸色不大好。说，"来了，就坐下吃吧。"吃到后来，面色和缓了。跟准女婿说："别介意，有点不高兴，但不是针对你。就是这个鱼啊，端上来，凉了，就不大好吃了。"

仍是这位。他在海南，弄到一块极好的鱼肉。朋友都说烤了吃就好。他说不，打电话问朋友："你们知道谁，明天要过来？"找到一个当天下午到的朋友,和人家说,哎呀你带×××酱油、×××佐料过来,好不好啊?然后特别严肃地强调:"好鱼,不能随便吃!"

某年的六七月,我带朋友们在东地中海和南法到处晃荡,基本是在海上过的。然后八月,我去杭州做活动。有位老师很热情,等活动完了,坚持要请我到杭州的某个大馆子,吃潮州海鲜。我推辞再三,总被劝道:"别客气!别客气!!"我心想:真不是客气啊!吃了半夏天海鲜了!您请我吃碗片儿川多好啊!

隔天到苏州,一位做电台的朋友,一句不问,直接拉我去一个老馆子:鳝糊、糯米糖藕、黄酒,临了一大盆热乎乎的肝肺汤。我感动到热泪盈眶,真是物质和精神上都感到了知己。

背景:我是江苏无锡人。懂得这一点,就明白苏州这位多懂吃货的心了。

我爸爱吃葱蒜。尤其做红烧鳝鱼,须下整块儿蒜头。我妈不乐意。

此为背景。

我少年时,我妈做红烧鱼,喜欢多放葱。我爸阻止过她几次。后来我妈改了习惯。

有一天我妈问:为什么红烧鱼不要多放葱?

我爸答:红烧鱼吃完了,不是要做鱼汤冻的嘛,葱放多了,鱼汤冻就不鲜了。

我外婆很会摊面饼。这个我以前写过:我外婆说,我舅舅小时候性子很揪。跟我外公吵完架,就把眼镜布塞眼镜盒里,拿几本书塞进书包,气哼哼地出门,在门口还会吼一声:我这就去美国!再也不回来

红烧鳝鱼，须下整块儿蒜头。

了！外婆说，每到这时，她就叹一口气，走进厨房，打两个鸡蛋，坠在碗里的面粉上，加水，拌匀，加点盐，加点糖，直到面、鸡蛋、盐、糖勾兑好了感情，像鸡蛋那样能流，能坠，能在碗里滑了，就撒一把葱。倒油在锅里，转一圈，起火。看着葱都沉没到面里头了，把面粉碗绕着圈倒进锅里，铺满锅底。一会儿，有一面煎微黄，有滋滋声，有面香了，她就把饼翻个儿。两面都煎黄略黑、泛甜焦香时，她把饼起锅，再撒一点儿白糖。糖落在热饼上，会变成甜味的云。这时候，我舅舅准靠着门边儿站着，右手食指挠嘴角。我外婆说：吃吧。我舅舅就溜进来，捧着一碗面饼，拿双筷子，吃去了。

加一个细节。我外婆每次给我吃这饼，烙得微黄的部分，蘸白糖；烙得焦黑的部分，不让我蘸白糖。为什么呢？微黄的部分蘸白糖，糯甜。焦黑的部分，自带脆香，不蘸白糖好吃。

后来我在法国，每次换盘顺便换酒，餐前酒，牡蛎配沙比利，甜点配波特酒，类似这种常见搭配，我都想到我外婆给面饼配糖这个劲儿。那点细致，真是一点都不逊色。

我小时候，外婆炖红烧鳝鱼，总是头尾都放在里面一起炖。到出锅时拿走。但偶尔没拿清呢，就会看见鳝鱼头还放在盘子里，虎视眈眈地看我，很吓人。我小时候老抱怨，觉得我外婆吝啬，连鳝鱼头尾都不放过。很多年后，我自己会下厨了，也懂得了。虾，最鲜的部分在虾头虾脑；要用鱼炖汤，也离不开头脑。日本人有种吃法，是鳝骨锅炖出来涮京菊菜，就用鳝头尾骨。我外婆保留鳝头，是想炖出点鲜味来。想通了这一点，才明白劳动人民的实践精神多伟大。

假设卡斯特路城堡在右手边，从里斯本罗西奥广场往北走到大斜坡那里，有几家凭斜坡建的老馆子。有一个店，一对老夫妻开的那种家庭店。太太掌厨，老先生招呼客人。我们去得早，其实没到饭点呢——伊比利亚半岛吃饭都晚。老先生胖胖的很有福相。老太太就很典型的南欧脸。我们坐下来笑问有什么拿手菜时，老先生说：我太太做的，什么都好吃！不信，看我的体形！我就乐了，要了份鲑鱼，要了份脆鳕鱼条，要了波特酒。老先生帮太太递料打下手，很勤谨。确实手艺好。老先生看我和若吃得香，自己咽了口口水，然后，自己在我桌对面坐下，指着鳕鱼条，对他太太嚷：鳕鱼条，我也要一份！太太就一边起灶一边笑，就像看见情侣耍小孩脾气似的。我当时笑得快摔倒了，就赶紧划拉一堆鳕鱼条给他老人家，于是三个人一边吃一边夸，都说好。

在重庆吃火锅。我总以为，只有毛肚鹅肠，才要讲究火候。后来发现，有几位姐姐妹妹，烫酥肉、土豆和麻花，都编着号。我就开玩笑，问是不是麻花也要分三成熟、七成熟的？她们就认真纠正我：嘞个叫作融。土豆，烫到五成融，烫到七八成融，味道都是不一样。然后她们就守着自己那一带的酥肉、土豆、麻花、藤藤菜，默默算着火候。到差不多了，夹起来，满桌分：嘞个样子才薅刺（好吃）。

我以前，一直以为松茸该用来蒸蛋，或者烤着吃，应该走雅致范儿。跟长辈们上高原，过康定城区，河旁的老菜场，有肌肤黝黑的老摊贩，皱纹里都镶着神秘感。你去问他们买松茸，总摇头，"被订掉了"；得看到你身边站着他熟识的哪位，他才展颜，揭开地上篮子上的白布，露出松茸来。我们带着松茸上了高原，我一路寻思：没好的厨具，怎么调理这松茸？住的地方也挺偏僻。到饭点，长辈就支起从平地上带来的一块铁板，以及，一堆切片五花肉，基本都是肥肉。洗干净松茸，放着；铁板加热，先烤些五花肉：不为了吃，只为熬出五花肉的油来；熬到五花肉油吱吱响时，松茸切片，放在油上，须臾烤香，猪肉油上，又多一重幽淡味道。撒薄盐，绝不能多，夹起来吃：这时嚼来，汁浓味鲜。长辈跟我说：好松茸，绝不能多调味，不然浪费。我说这我懂。长辈说：但不调味也不行，一定是要现熬出来的五花肉油，加一点盐，这样才引出松茸的味道，所以不辞辛苦，别的调味料都不带，专门带了好盐和好五花肉，就为了这一口。

想到世上还有这些吃货，我便高兴起来，觉得这世道，还挺有盼头的。

途经之地：寻觅，探访，收纳一切美好的事物

《夜晚的咖啡馆》
梵高｜荷兰｜1888年
布面油画｜70cm×89cm

梵高在谈到《夜晚的咖啡馆·室内景》时说，"我试图用红色和绿色为手段，来表现人类可怕的激情。"这幅作品预示了超现实主义透视作为幻想表现手段的探索，具有震撼人心的力量。

> 莎士比亚书店：
> 出现在
> 无数传奇的
> 回忆里

　　在周六的巴黎，沿着圣日耳曼大道走，走到但丁路，转弯，视力好的人，便能看见巴黎圣母院的侧影，看见那些被建筑学家反复念叨的、瘦嶙嶙的飞扶垛。若是午后，还能看见索邦大学的学生从左手边的老教学楼里鱼贯而出。你走上但丁路，无视右手边鳞次栉比的日本漫画店，眼看离巴黎圣母院只隔一条塞纳河、一座双桥（pont au double）时，不要急，左转，走出十来步，便可指着布舍列街 37 号，一间逼仄小巧的店，对身旁的朋友说："那就是莎士比亚书店。"有的朋友便会大叫一声。当然，并不是每次都能收获回应，所以有时要多解释几句。

　　莎士比亚书店最初的地址，在杜普伊腾路 8 号，1919 年，由来自美国的西尔维娅·比奇开设。两年后，书店搬到奥戴翁路 12 号。哪位问了：一个美国阿姨，万里迢迢跑巴黎来开一家书店，这是什么精神？嗯，激励她开这个书店的，是法国作家阿德里安娜·莫尼尔。她与西尔维娅·比奇，从书店开业之日，同居了36年。这书店可以当是二位阿姨感情的见证。

在1919至1940年间，莎士比亚书店是巴黎在美国的文化中心。本雅明说巴黎是19世纪的首都，五湖四海英雄豪杰都得来，但没个落脚处。惠斯勒先生以前就抱怨，他到巴黎，只好蹲咖啡馆。西尔维娅阿姨把书店开着，海明威、艾兹拉·庞德、菲茨杰拉德、斯泰因、曼雷等大师们少年时，就出入于此：借阅、买书、写作，甚至住宿。大家都不是外人。说是书店，其实好比是个咖啡馆兼作家临时宿舍。詹姆斯·乔伊斯把这地方当成他的办公室。1922年，西尔维娅·比奇帮着乔伊斯出版了他的不朽巨作《尤利西斯》。众所周知，这本书最初在美国被禁，于是莎士比亚书店成为《尤利西斯》最初的集中热卖处。这是迄今为止，20世纪书店出版业最传奇的故事之一。

"二战"打响，德国入侵，1940年6月14日莎士比亚书店宣布关闭。一种传说是，某个德国军官向西尔维娅·比奇索要乔伊斯《芬尼根守灵夜》最后一版的手稿，未遂，于是怒了："你这书店还开不开了？"

——我们现在当然可以说，就把《芬尼根守灵夜》给他呗，那么难的天书，把纳粹看傻了才好呢！

——无论如何，西尔维娅阿姨是个执拗的人，死活不肯。书店就此被关闭了。海明威在大洋彼岸听说了，顿足捶胸。

到1951年，美国人乔治·惠特曼在布舍列街37号，靠近索邦大学，与巴黎圣母院隔着塞纳河相望的所在，开了一家书店。惠特曼先生完全依照莎士比亚书店的旧模样打造这个书店，1958年，西尔维娅·比奇与惠特曼先生吃饭时，郑重允诺："我将我书店的名字让度给你。"

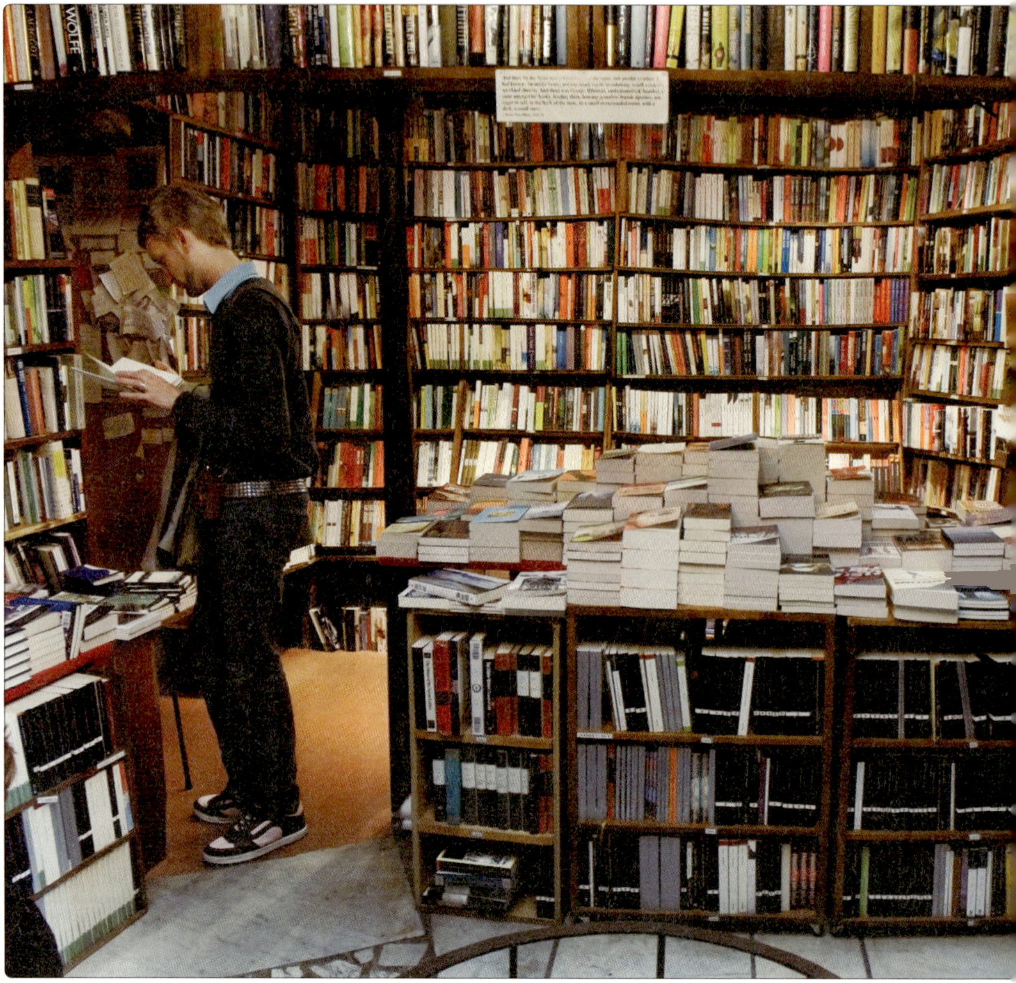
WOLFE

莎士比亚书店

1951年，美国人乔治·惠特曼依照莎士比亚书店的旧模样在布舍列街37号，靠近索邦大学，与圣母院隔着塞纳河相望的所在，开了一家书店。

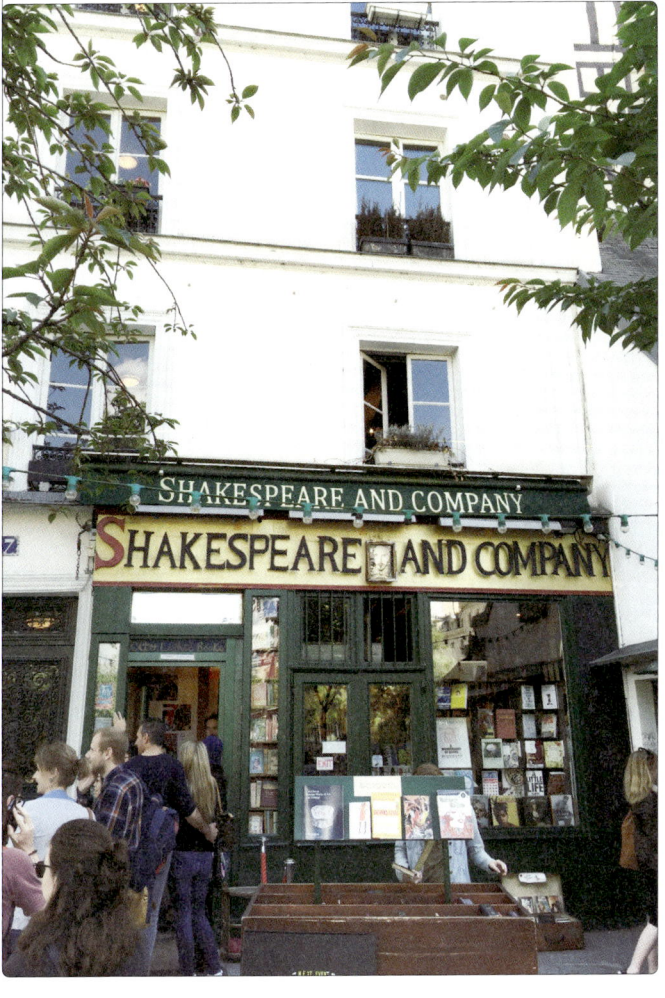

六年后，1964 年，西尔维娅·比奇以 77 岁高龄逝世，惠特曼先生给他的书店起名为"莎士比亚公司"书店,正式继承了西尔维娅·比奇奶奶的理想。四十年前迎接过海明威们的书店，在 20 世纪 60 年代迎来了亨利·米勒、金斯堡等美国大师。当年迷惘的一代在这个书店成长，后来垮掉的一代也在这里找温暖。书店里有十三张床铺，供应穷困的美国作者们居住，非正式的统计说：大概有超过四万人次借宿在书店中。2011 年，乔治·惠特曼先生以98 岁高龄逝世——行善兴学之人，必有后福。他的女儿接管了这个书店。值得一提的是：惠特曼先生是如此敬重西尔维娅·比奇女士，以至于他的女儿，如今的莎士比亚书店老板，名字叫作西尔维娅·比奇·惠特曼。

周六天气好，我陪一位国内来的老师又过去了一次。因为是周六，门口游客多，有人排队。负责看门的姑娘说的是英语，跟她说法语，不太会——这真的还是个美国味道的书店。书店里一大片讲英语来朝圣的，大半会跑去柜台，问柜台小哥："您这里有《流动的圣节》[A Moveable Feast, 国内也有译作《不固定的圣节》《流动的盛宴》]卖吗？"

"有，就在中间。"

书店挺窄，正中靠左廊一排按例搁经典书。《艾玛》《包法利夫人》《堂吉诃德》《老人与海》之类，中间夹着两本《流动的圣节》。其中一个版本，封面是海明威当年在莎士比亚书店门口拍的照片。书店真是经营有道。同去的老师买了，去柜台，柜台小哥问要不要刻章？当然要啦。

出莎士比亚书店右转再右转走一会儿，便是索邦大学。再走过去，就上了圣日耳曼大道，离圣米榭勒也不远。1957 年，28 岁的正在为《没有人给他写信的上校》操碎了心的马尔克斯，就是在这一带遇到海明威的。

当然，那是另一个故事了。

最初的莎士比亚书店是什么样子呢？海明威在《流动的圣节》里如是说：

在那条寒风凛冽的街道上，这可是个温暖舒适的去处。

冬天生起一只大火炉，屋里摆着桌子、书架……

西尔维娅的脸线条分明，表情十分活泼，褐色的两眼像小动物的眼珠似的骨碌碌打转，像小姑娘一样充满笑意……

她对人和蔼可亲，性情十分开朗，爱关心别人的事……

她说我可以等有钱时再交保证金……说我想借几本书就借几本。

钱你方便的时候再给，什么时候都行。

当年，西尔维娅对当时穷困潦倒、家里连个浴室都没有的海明威如是说："乔伊斯大概黄昏时来……"

就跟唠家常一样。

这就是那个时代，是乔伊斯还没有踏入不朽、庞德还在为诗集出版努力、海明威还没出版自己第一本小说的时代，西尔维娅·比奇和莎士比亚书店就是这些美国人的后盾，是冬日温暖的去处，是美国文化在巴黎的心。莎士比亚书店与那个时代共同造就了一批伟大人物，最后，因为出现在这些人的集体传奇回忆中，终于令自己也成为传奇。当初海明威回去家里，对他妻子说"我们可以读到全世界的书了"，他的妻子哈德利，当时还不知道几年后海明威会变心，正温存着与海明威那贫穷、简单又温暖的爱情生活，用这么一句话，总结了那个伍迪·艾伦用一整部《午夜巴黎》来致敬的那些伟大人物正年轻、贫穷却野心勃勃的纯正的黄金时代："我们能找到这个书店，是多么幸运的事啊！"

巴黎大菜场

巴黎大菜场的声名，着实赫赫扬扬。钱钟书在《围城》里，就有以下颂扬：方鸿渐坐在个味道怪异的沈太太身边，"心里想这真是从法国新回来的女人，把巴黎大菜场的臭味交响曲都带到中国来了"。

当然，我们现在无缘闻到这玩意儿，因为传统的巴黎大菜场，指中央市场（Les Halles），这玩意儿早在 12 世纪时就有概念：巴黎人民在市中心分区摆摊，贩卖蔬菜。中世纪时这里除了卖菜，还带杂耍卖艺、演讲、嫖妓。大革命前夕，还有一身华服的新派贵族来鼓励人民开悟。19 世纪中叶，这里建起十二座大市场，大作家左拉说这是"巴黎的肚肠"，肚肠的味道，自然不算好闻。每天天不亮，八个火车站，五千辆马车，将猪羊牛鱼、蔬果瓜菜，一气儿运到中心去。这一路味道袅袅，自不待言。到市场里，万匹马牛形形色色的粪便、十万条鱼的腥味、法国成千上万种怪异奶酪的臭味，分声部列高下吹拉弹唱，没法子不让人交响。

巴黎大菜场宏丽热闹，琳琅满目。

所以中央市场如今消失，也很合逻辑。巴黎大菜场宏丽热闹，琳琅满目，摩肩接踵，然而这还是中古时代的思维。19世纪70年代巴黎改建，道路拓宽，设立林荫大道，就是为了解决卫生和拥挤问题。巴黎日益增大，会修地铁与公交线路，不可能全市人民继续坐着马车或步行赶到市中心来买菜。于是，巴黎的市场分散，潜入大街小巷。

有一类市场，声名在外，旅游朝圣者多过实际买菜的诸位，比如朗吉（Rungis），海鲜、肉类、蔬果、奶酪、鲜花，每天仅蔬果，就得出去三千吨。这地方已经算巴黎近郊了，小巴黎穿戴整齐的诸位轻易不来，来的都是专业厨子、资深主妇、食品供应商，都是行家，挑肥拣瘦，巧舌如簧。偶尔夹杂旅游者来看热闹。既然如此，免不得看见论半爿买卖的牛、巨大的鱼、大桶的酒之类专业的玩意儿了。到得这里，您不免生了感慨：现代食品工业，是把肉类蔬果都分门别类切割包装，令买家觉得买一坨牛肉与一条面包，相去不远；真到了食品的源头，才会发现食材本身，到底还是粗莽原始、厚重血气的。

朗吉是过于宏壮鲜烈了，对寻常人等，拉斯帕伊市场（Raspail）更适合。这地方在拉丁区，每周二、周五、周日出摊，卖的东西也不吓人：土豆、蒜、韭葱、春夏樱桃、夏秋葡萄、杨桃、蜜瓜、蘑菇、大蒜、鳕鱼、鲑鱼、贻贝、各类香草，总而言之，淑女们也可以从容面对，不像面对一个猪头半头牛那么让人花容失色。这地方吆喝声也不大，不像朗吉那么粗如洪钟，毕竟是在市区里，大家都斯斯文文。最多卖松露的诸位，口气会大些。实际上，到拉斯帕伊来的诸位松露贩子，虽然不像法国东南部若干小镇，会往松露里塞铁管那么不诚实，但他们吹嘘的，也得打折扣；无论谁说这是我三天前在哪里哪里挖到的，多半是假，基本是在当地买了，到巴黎来哄人的。当然也有好处。去拉斯帕伊周边的餐厅，叫一份松露煎蛋，或者让上一份意大利面浇橄榄油和松露碎片，多半货真价实。毕竟拉斯帕伊市场就在旁边，抬腿就到。至于一旁卢森堡公园里，坐着一边看孩子奔跑，看业余乐队演奏，一边啃酱猪肉三明治的诸位，多半都刚从拉斯帕伊出来。

如果你确实想领略百多年前巴黎大菜场的感觉，可以去蒙特古伊（Montorgueil）市场街。这地方如今咖啡馆和点心店多过铺子，铺子本身也是古典风范：色彩斑斓明丽，还有小贩专门打扮成古代模样。加上鹅卵石铺就的小路，偶尔路过的猫影，乍一看，化装舞会似的。

实际上，巴黎真正动人的，是那些真正渗透到社区的市集。比如，塞纳河的托尔比亚克桥边，每逢周末，在卡萨尔斯路边的上坡段，会摆出水产、鲑鱼、贻贝、大虾、牡蛎，不一而足。专门有跑步的跑过，顺

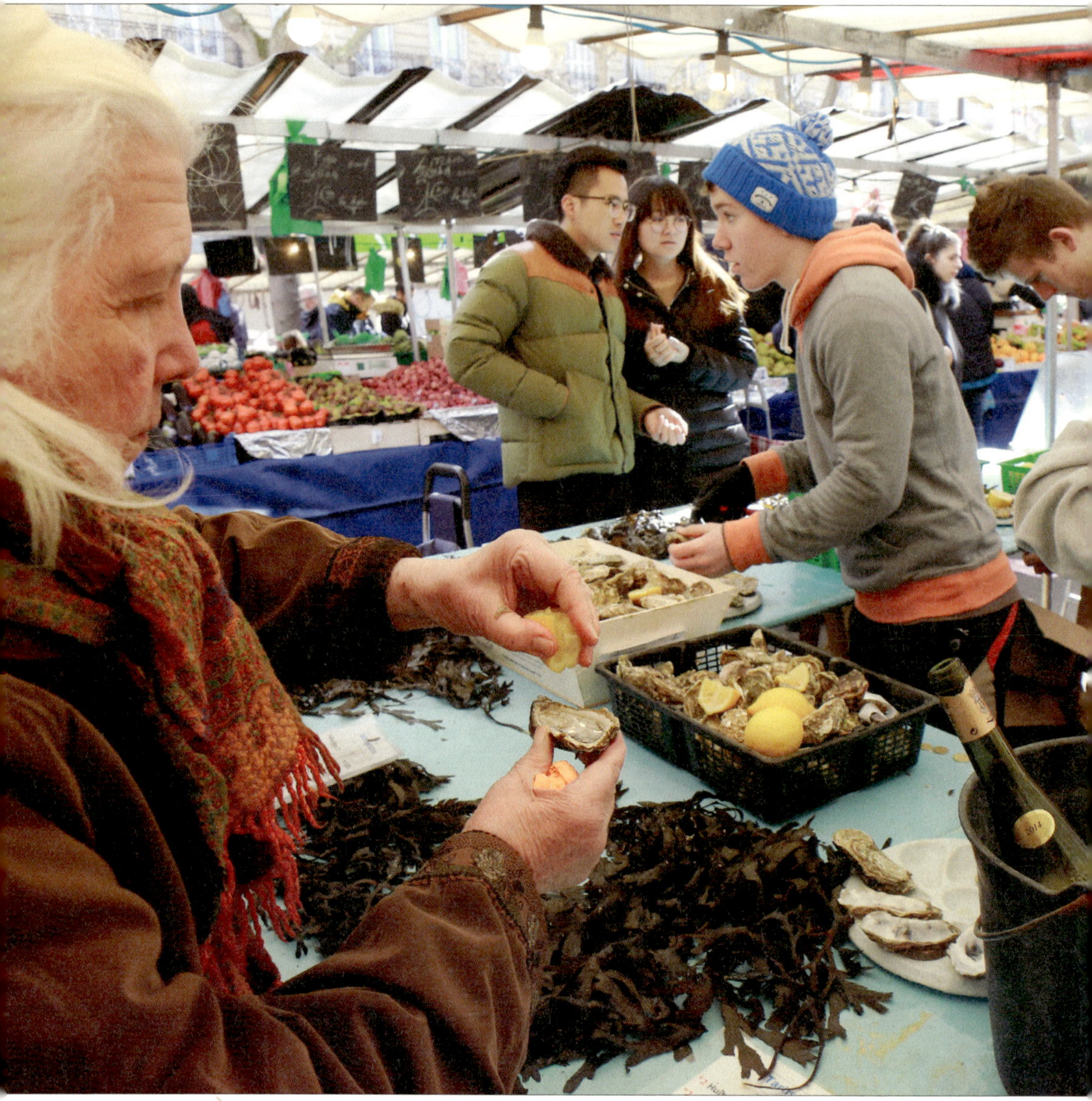

手在摊里买杯水喝的。常有人路过，顺手要俩牡蛎，买一瓶农民自酿酒，就溜达过马路，去塞纳河边喝酒吃牡蛎。某天我跑步经过，看见有位仁兄手插在口袋里，头发后梳，整个人慢条斯理，走到一个牡蛎摊边，掏出钱放下，伸嘴；牡蛎摊老板老练地持刀开壳挤上柠檬汁，将壳沿递到客人嘴边，客人一口吸走，点点头抿抿嘴，满脸"好鲜"的满足感，然后继续溜达走了。

巴士底广场每逢周四，会开两大列四大排的市集，蔓延半站地铁的长度，服饰、音像、鸡蛋、海鲜、蔬果便不提了，有阿姨专门做了肉丸、烤鸡这些成品货，周遭的学生与上班族周四午休就跑出来买了，坐在公园里面对喷泉大吃大喝。片伊比利亚火腿的西班牙摊主还会引人围观，看他如何削出薄如纸片的殷红火腿。

奶酪铺子那边是最让人爱恨交加的。那堆铺子常在地铁口旁，所以出地铁的诸位，有皱眉掩鼻而过的，也有满脸舒坦赶过来看热闹的。

2014年年底，著名的查理漫画枪击案现场，就在巴士底市场不远处。枪击案后，市集照样运营，许多铺子支起了"我们都是查理"的标牌，以表对恐怖分子的抵制。我问过一位卖干酪的大叔："恐怖分子真来了怎么办？"大叔耸耸肩，说了句融汇了巴黎大菜场自豪与自嘲文明的话："他们一闻到我这个铺子就被臭跑了！"

加缪在巴黎：哪里都不是他的家

巴黎右岸第十区，有一条阿尔贝-加缪路，长83米，宽14米，近圣路易斯医院，去巴黎北站和东站都方便。当然这路实际上只是背负加缪之名，聊表纪念：建于1978年，命名在1984年。那时距离加缪1957年得诺贝尔文学奖，距离加缪1960年逝世，已经隔了个时代了。

多少非法国人，死都要葬在巴黎，比如肖邦，比如王尔德；而加缪的墓，不在巴黎。他葬在里昂附近小镇维勒布勒万——1960年1月4日，他出车祸的地方。2009年，萨科齐曾想把加缪的墓移至巴黎，加缪的儿子拒绝了。稍微了解加缪的人都明白，也许这更符合他的性格。比起被供入历史，和雨果、大仲马们享受伟人待遇，在一个边陲小镇静谧生活也许更适合他。

但加缪不是总跟巴黎无缘。实际上，他也许是20世纪诸位大师里，对巴黎最熟的一个。1940年3月16日，周六，加缪来到巴黎。时年26

> 加缪一辈子热爱地中海式生活，但他必须在巴黎，过着欧洲大陆式生活。

岁半，带着肺病的后遗症。距离他进阿尔及尔大学攻读哲学已有七年，距离他大学毕业、写出《新柏拉图主义和基督教思想》也有四年。也就在那一年，他以法国共产党员的身份，加入了阿尔及利亚共产党，结果被认为是托洛茨基分子，被法国共产党怀疑。

加缪生在阿尔及利亚（法国人当作神一般看待的足球巨星齐达内也生在那里），一岁时父亲就去世，他名义上是法国人，但阿尔及利亚是悬在法国本土之外的殖民地，他有点像是个失去故乡的男人。刚到巴黎时，他已经结束了在阿尔及利亚的一段婚姻，正是孤身一人。他是《阿尔及尔共和报》的记者，在《巴黎晚报》找了个活干。他勤奋工作，工作完了之后，便开始自己的写作。同僚很少注意到这个讲话带殖民地口音、除了讨论戏剧之外几乎不激动的青年，也不会知道，他正在写一部怪异的、会被写入文学史的、以描写人类与周遭世界的疏离、人类的孤独和彼此交流为主题的小说——《局外人》。

实际上，写作《局外人》时，加缪也自觉是个局外人。他一辈子热爱地中海式生活，但他必须在巴黎，在十八区蒙马特的拉韦尼昂路上那家普瓦立叶旅馆住着，写着，过着欧洲大陆式生活。1940年6月，他搬去了六区圣日耳曼大道的麦迪逊酒店，面临着教堂。在那里，走几步就能左看先贤祠、右望巴黎圣母院。这年稍晚，他娶了弗朗西尼-弗雷，一个弹钢琴的数学老师。

"二战"爆发，战争之初，加缪站在和平主义者立场，他不喜欢争端。但在1941年12月15日，名记者加布里埃尔-佩里被处决后，加缪愤怒了，他加入了对抗纳粹德国的组织，搬去波尔多。1942年，他搬回了阿尔及利亚。

他再次跟巴黎搭上关系，是1943年的事了。1943年6月，加缪认识了让-保罗-萨特。两个日后会在诺贝尔史上留名的巨人，在萨特著名的《苍蝇》首演式上相识。因为萨特之故，加缪决定加入抵抗组织。他负责编辑地下报纸《战斗》，因为前一任编辑罗伯特-昂泰尔姆被捕了（你可能知道，这位昂泰尔姆先生就是玛格丽特-杜拉斯的丈夫），于是，在巴黎六区的圣贝诺阿大街5号，加缪参与编辑工作，偶尔还站岗放哨：看见纳粹逼近，就招呼走人。1945年8月6日，巴黎解放，他是当场见证者和报道者之一。他也是第一批报道广岛原子弹爆炸的法国记者。总而言之，他成了个地道的英雄。

英雄也得在巴黎找地方住。1943年稍晚，为了工作方便，加缪在七区的椅路22号墨丘利旅馆租了个房间。也就是这年秋天，他跟朋友开玩笑说自己也许不适合婚姻。1944年，他住到了安德烈-纪德隔壁。他在

阿尔贝·加缪（Albert Camus，1913.11.7—1960.1.4），法国作家、哲学家，存在主义文学、"荒诞哲学"的代表人物。主要作品有《局外人》《鼠疫》等。图为几内亚比绍共和国 (The Republic of Guiné-Bissau) 于 2013 年发行的阿尔贝·加缪诞辰 100 周年纪念邮票。

阿尔贝·加缪荣获1957年诺贝尔文学奖

"他作为一个艺术家和道德家,通过一个存在主义者对世界荒诞性的透视,形象地体现了现代人的道德良知,戏剧性地表现了自由、正义和死亡等有关人类存在的最基本的问题。"

——瑞典文学院授予加缪1957年诺贝尔文学奖的颁奖辞

这些旅馆房间里写小说，他的日程表总是随着搬家变动。加缪在巴黎的宿命，一如他的人生和小说：哪里都不是他的家。哪怕他的妻子弗朗西尼都为他生了让和凯瑟琳这两个孩子，他还是得到处搬；1946年，他搬到五区的赛圭尔路18号。又四年后，1950年，他搬到了六区的女士街。

虽然四处流浪，但1943年之后，他的生活轨迹已经定下来了。他总在圣日耳曼大道附近转悠，里皮饭店是他的长期食堂，花神咖啡馆他也去。他在这些地方跟保罗-萨特会面，或是给勒内-夏尔写信。他和勒内-夏尔也常会面，通常在六区的塞纳路。1947年之后，随着《鼠疫》的大畅销，加缪被加利马尔出版集团雇为高级编辑，在七区的塞巴斯蒂安-波丁路5号有了个办公室。

然而他的疏离本性，并未因之改变。1951年他出版了《反叛者》，这本书让他和萨特本有些裂痕的关系开始弥合；1952年他因为抵制西班牙的弗朗哥政权，退出联合国教科文组织；他签署了抗议信，抵制苏联侵犯匈牙利。当法国和阿尔及利亚矛盾加剧时，他在1955年声称，这对他而言不只是政治事件，还是"个人的悲剧"。他身在巴黎，但他是阿尔及利亚人。当这两股力量撕扯他时，他感受到了1940年前，在阿尔及利亚，被两个党怀疑的痛苦之感。

在那些错综复杂的岁月里，他生命中唯一的慰藉是戏剧。1936年他大学毕业时，他在阿尔及尔发现了工人剧场，从此沉迷其中。他是个戏剧全把式：导演、编剧和幕后协调皆能胜任。

在巴黎，他去十七区，基本是为了去赫贝多剧院；他也去八区，为了去马图然剧院。一些人相信，就是因为对戏剧的热爱，导致了他与那些戏剧女演员的绯闻，比如，有着西班牙血统的名演员玛利亚 - 卡萨雷斯。1956 年，他在马图然剧院排演了福克纳的《修女的安魂曲》，在十区的安托瓦内剧院，他排演了陀思妥耶夫斯基的《群魔》。一年之后，他加入了这些经典作家的名列之中，44 岁，他成了史上最年轻的诺贝尔文学奖得主。

但他的梦想却还在剧院，他希望成立一个"新剧院"，承载他对戏剧的一切想象。但这个梦想在 1960 年 1 月 4 日被断送。法国最冷的季节，他打算从维勒布勒万回巴黎。他口袋里有一张火车票，他本打算跟妻子弗朗西尼以及孩子们，一起坐火车回家，但是加利马尔出版集团的米凯尔 - 加利马尔，他的出版编辑，他一路走来的好朋友，邀请他一起坐车回巴黎，结果他们在一场车祸中不幸遇难。很讽刺，加缪非常讨厌车祸，他说过："再没什么比死在路上更蠢的了。"

这个故事的结局很像个寓言：如果加缪命中注定要客死，也许他不该死在阿尔及利亚或法国，不该死在他任何一个家里。他漂泊无定，也许就该死在路上。2011 年意大利米兰有家报纸认为，他的死和苏联人有关联，但这个观点少有人信。无论这故事是否真实，想一想：直到死，他都被迫和政治斗争死死纠缠在一起——即便他一直疏离着周遭，思考西西弗斯的命运。

"我一直觉得我像海上的飘零者，即便身处最大的幸福中，也不免危险。"这是多年之前，他写在笔记上的一句话。这像是他提前给自己人生这幕戏剧写下的预言，虽然他自己一定讨厌这种俗套的陈述方式。巴黎只是有幸记录过他的诸多住处，而他不必葬在巴黎成为那里传说的一部分。他本身习惯四海为家，飞蓬流转，所以葬在哪里，都不是什么大问题。

尼斯的蓝

刘烨真人站在 2017 年 2 月底的尼斯马塞纳广场上，显得比在屏幕上高很多，毕竟是 188 厘米的个头，脑袋大，屏幕上不显。离玉树临风，就差伸直脊背了。——但也挺好：他个子高，下意识会弯腰，迁就着所有人，笑容满面。

——尼斯是个很适合笑容的城市。二月底，巴黎还是 6~10 摄氏度的天气，尼斯可以到 12~16 摄氏度，阳光烂漫暖人。

我上次来尼斯，是 2015 年的时候，陪岳父岳母来的。每次来，都只在那一小片地方活动：蔚蓝海岸，所谓的"英国走廊"。外面就是地中海。再往东，不敢去了：以前写过，那里都是罗斯柴尔德家族之类的大富豪建别苑的地方。海岬上，三面环海，凭海临风。那是富豪们的享受。我不敢去，只好在海边溜达，看海。

尼斯的老城区和英国走廊海岸，永远带着度假的味道。可以不知不觉走很远很远，回头看，海湾的曲线色彩明晰，很难相信已经走过了这么远。

我们问刘烨，在尼斯主要做什么消遣？答曰运动。不奇怪。在尼斯，看见这样的海，这条英国走廊，你很容易就想走，甚或跑起来。何况刘烨这样的尼斯女婿呢？

为什么叫英国走廊呢？在尼斯城市化以前，这片海岸荒芜至极。18世纪下半叶开始，英国人开始来到尼斯过冬，疗养肺病，欣赏海岸的风景。有一年冬天特别寒冷，来自北部的乞丐大批涌入尼斯，于是一些富有的英国人提议为他们兴建一个有用的工程：一条海边步行道。

尼斯就是这么一个靠海的平民化的城市。当然，严格来说，除英国、法国与尼斯有瓜葛外，还有别的国家，中世纪很长一段时间里，尼斯跟意大利城市勾兑；法国和东罗马帝国都对其垂涎；普罗旺斯公爵和萨伏依公爵都占领过这里……直到1860年，即咸丰爷快要驾崩那两年，尼斯才正式归了法国。所以，在尼斯，法国味道并不重。更多的，是地中海味道：阳光、海滩、海鲜、南方的温度。

周六，去看球赛，尼斯 vs 蒙彼利埃。当时尼斯排在法甲第二——现在依然如此。身为住在巴黎，支持巴黎圣日耳曼的首都球迷，私心里其实想看蒙彼利埃赢球，拖住尼斯的步伐。所以开场不一会儿，蒙彼利埃先进球时，我简直满心欢喜——只是不好意思显出来：周遭可是三万多山呼海啸的尼斯球迷啊，轻易就把我蘸黄芥末给吃了。

当然，我也好奇过：尼斯并不像巴黎、摩纳哥或里昂，会对球队一掷千金。他们怎么就能拖住巴黎，在法甲前三位晃荡呢？——开场就被蒙彼利埃进球，战术上也没看出多高明啊？

但尼斯很勇猛，一如他们吉祥物，那只鹰——每场比赛前，那只叫米菲的鹰，会一声长唳，在全场球迷的欢叫声中，从球场顶飞下来。那份野性，那份凶恶，那份南方人阳光热血的生猛。——这大概也是尼斯队签下巴洛特利的原因？

比赛后半段，受伤17个月的10号勒比昂为尼斯出场。然后：一脚禁区外低射破门，一比一。蒙彼利埃反击凶猛，鲍德鲍斯不断引带反击，但尼斯大开大合，与蒙彼利埃对着打反击。勒比昂随即在禁区里，干净利落地一脚凌空射门，尼斯二比一反超。那一瞬间，我觉得脚下的球场都在震颤。

很奇怪的感觉。比赛后半段，我情不自禁地随着尼斯球迷的节奏欢叫，一时忘却了自己应该支持巴黎圣日耳曼，指望摩纳哥和尼斯输球。尼斯这地方，有种奇怪的感染力：如阳光，如海色。一眼望去，炫目至极；再看时，就被吸进去了。南方人的狂野，南方人的热情。

赛前，刘烨跟米菲鹰玩了一会儿。比赛中，他家诺一作为球童出场。中法混血儿也可以出现在这里吗？没关系。尼斯本来就是一个在海边的、混血的城市。面朝大海，接纳一切。球队，亦然。就像刘烨在英国走廊晃荡，法国人并不惊异。

尼斯队的全称是：尼斯蔚蓝海岸奥林匹克体操俱乐部——很奇怪的称呼吧？2014年，尼斯是法甲第十七名。2015—2016季，第四名。2016—2017季，前三名。在转会市场上，巴黎圣日耳曼的球员，值到4.55亿欧元。里昂的，2亿。摩纳哥的，1.97亿。尼斯的，1.14亿——全队加起来也就差不多一个博格巴的价格。所以法国媒体的说法是：尼

尼斯的老城区和英国走廊海岸，永远带着度假的味道。

尼斯海鲜

鹅螺和地中海牡蛎

整坨蟹黄，大如拳头。

斯正在上演一个莱斯特城的神话。这个地方不生产王者豪门，但在他们的主场，你没法不被南方的热血和鼓声涌动：尼斯本季主场在安联里维拉，前十四场十一胜三平。

这里的治愈能力有多强呢？巴洛特利算是球队最大牌的人物了：来尼斯前两年，他在利物浦和AC米兰三十六场比赛只进了两球。来尼斯之后呢？本季十四场联赛已经进了九个球。他算是被尼斯拯救了。而他如此形容尼斯："温暖的巢穴！"迷途鹰隼，南方巢穴。就是如此。

击败蒙彼利埃的次日，尼斯狂欢节收尾。各色水怪，各色巨人，以及，当然，尼斯要嘲弄一下川普和法国的政治家们。五光十色，绚丽夺目，与在球场一样，你很容易被尼斯人的热情感染了。这个海边的城市，这个不那么法国，不那么意大利，不那么英国，又都有一点的城市，就是如此。

以前写过这件事：在尼斯，岳父在一家海边生鲜店，看见牡蛎与贻贝的价格，怔住了；朝那短短的菜单一挥手："这个菜单上的每个都要！"又要了卢瓦河白葡萄酒，边吃边啧啧："你晓得在重庆，吃这么一顿得多贵啊？这里真是，便宜又好吃……这个地中海牡蛎比大西洋的多点杏仁味……这个酒也好……"吃了一遍，一挥手："再全体来一份！"岳母就止住他了："你的身体！"岳父听了，悻悻地摆摆头："那就，鹅螺和地中海牡蛎来一份，别的先不要了……"

事隔一年半，我再来尼斯，吃海鲜。老板还记得我："哦，你是那个，那个中国人……"

吃海鲜时，老板特意介绍了点东西："家制鱼汤——不是马赛鱼汤，我自己制的。加一点黄芥末。"老板加了个海蟹。整坨蟹黄，大如拳头。我还是第一次把蟹黄当饭吃，还吃饱了的。

临了又有惊喜："海胆。尼斯夏天没有海胆，只冬天有。"

这么一盘海鲜，四十五欧元，约三百元人民币。

"尼斯人真幸福。"我说。

"那是。我也觉得我们很幸福。"老板豪迈地说。

这大概，就是尼斯的感觉。

他们在海边。他们有阳光。他们不冷，很闲，热情过剩。他们自我感觉良好。他们面对大海，接纳一切。他们有一支很热血的足球队。一支投入没法跟巴黎圣日耳曼比，依然有希望进下赛季冠军杯的球队。

刘烨说：尼斯人很热情，简直有点没心没肺的。

美食，美景，足球。

的确如此。

色彩。阳光。温度。人流。狂欢。

大海无穷无尽的馈赠。

鹰隼。

无止境的蓝。是那种你离开时，想随身携带的蓝。

在所有的地方坐车

人类大概都有个潜在欲望：在半封闭空间里给自己找个落脚处，这才满足。等车不来，心悬半空；真坐进车厢，放稳了行李，占定了位置，无论是坐是站，便像暂时安了家，无论旅途长短，仿佛可以这么过去一段儿了；要换乘时，便大不乐意，哪怕这位置本来并不那么舒适，因为觉得动起来了，就劳累；只要还在车厢里，就在休息。坐车就是这么回事：似乎旅途劳顿，又似乎在休息。

据说最初的蒸汽机车声如雷吼，笨若蛮牛，见者都怕；但这东西比马车跑得快，载得多，当年诸葛亮发明个木牛流马都被罗贯中捧为神仙，作为火车的最初发明者，史蒂芬孙还高了一等级。衣食住行，人生大事，火车一出，将马车、牛车、轿子、黄包车压了一压，久藏地下的黑煤终于有了用武之地。读万卷书容易，行万里路难。养马贵，马车更是奢侈品，还得配备车夫、马夫、马厩等一系列人和物。火车一出，人们喜闻乐见，绝对是改变人类远程出行的里程碑。当然铁轨未免碍眼：莫言《檀香刑》里提过个传说，德国人在山东修铁轨时，山东人民笃信每一条铁轨下躺着一条辫子，藏着一个冤魂。

我爱坐火车，乃是出于胆小：总觉得坐汽车可能会翻，坐轮船会撞冰山，坐飞机虽然少出事，但是一出事就没得缓。火车多好：看这大闷罐子，根基坚固，跟铁轨严丝合缝，安全系数高。坐长途车，睡卧铺，更像是临时住店，左右的坐伴是旅途的一部分，健谈开朗的往往几句话你来我往就能混熟，趁着塞箱子的功夫已成莫逆。火车上的人都下意识地有着交流的欲望。在至少几小时中这是彼此的家。不拘天南地北，随口扯几句，往往有因缘。

坐火车最为痛苦也最有趣的经历，是买上一张无座票的时候，一群人不分贫富黑白左右忠奸地挤在过道里，彼此苦笑。有行李箱的近水楼台往行李箱上坐，没行李箱的视空间宽窄选择直立或者坐倒，还必须时刻注意抽烟的旅客过于激动随手把烟碰到自家衣服上。在这种沙丁鱼罐头的景况中挤出的友谊才是真正的友谊，所谓祸福共享在这种时刻就体现在是否愿意与对方共享难得的空间。有一次，我坐长途火车去武汉，十七小时，过道里挤坐的无票仁兄，加我五人。大家商量下，把箱子排摞四角，坐箱子上，有位阜阳大哥很热情，"我这几个箱子填得满，坐不坏，大家坐我箱子上！"坐定了，海阔天空地聊天。到饭点儿了，各自掏泡面和火腿肠，满车厢都是浓荤之味；有位苏州跑销售的便拿出一饭盒卤豆腐干，大家分吃，一位衡阳来的大哥咬一口便惊叹一声："你们江苏人吃得这么甜！"

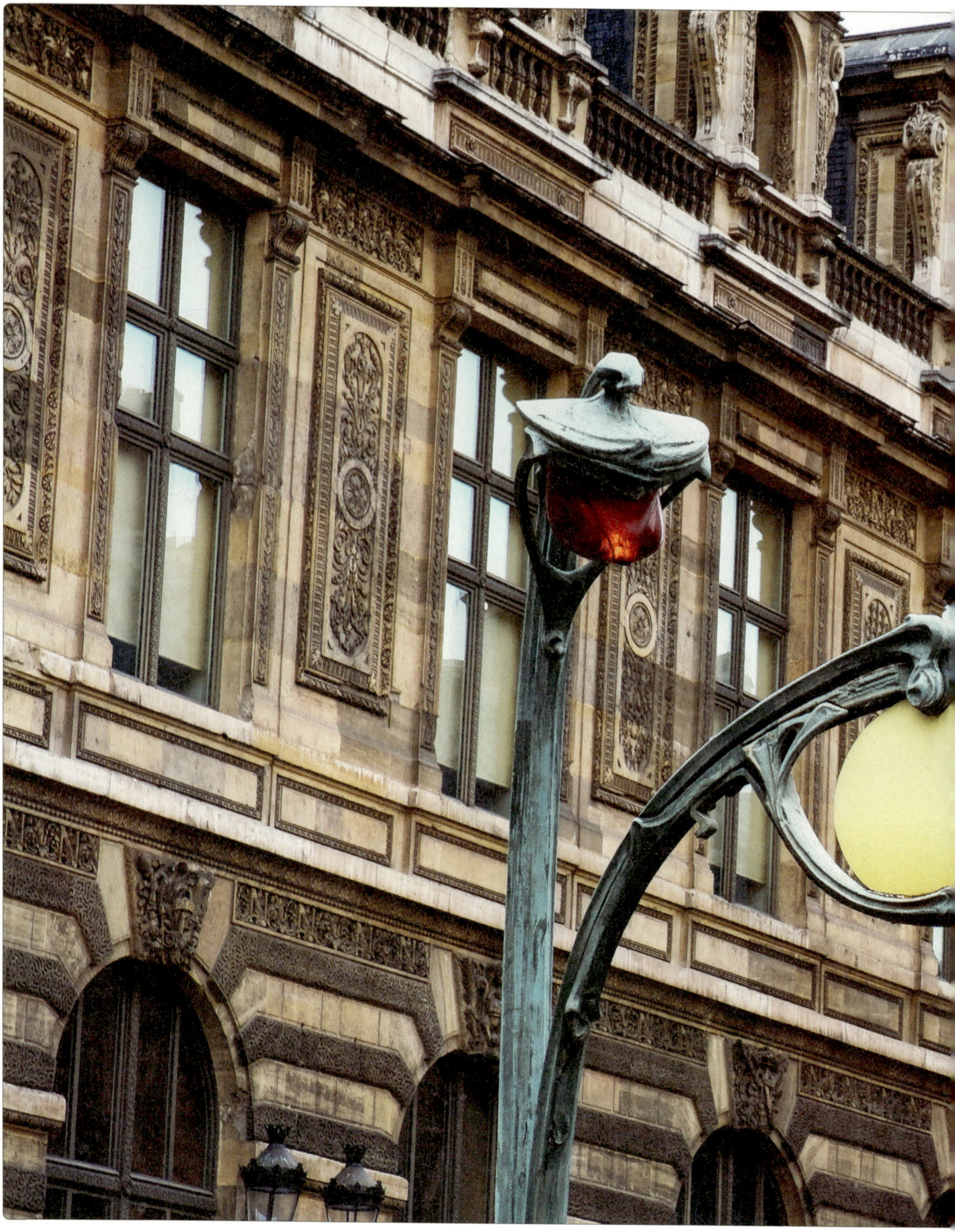

巴黎传统的地铁标志

巴黎地铁,姑娘们穿黑灰大衣居多,一半因为巴黎冬天太长,一半因为低调,防小偷。

  当然,也可以说:火车本身没有趣,有趣的是火车上的人。我从横滨出发往东京,不认得路线,问地铁站台的小哥;小哥不太会英文,日语又沟通不畅,急坏了,先拽着我去看公示牌的地图,指手画脚一番;再给我一份地图,用笔画清路线;最后把我送上站台,不断比画方向,直到我不断点头确认"OK",他才放心,连着鞠了四个躬,回岗位去了。我乍进地铁车厢,吓一跳:时当黄昏,满车厢衣冠肃穆,大家低头看书读报看杂志玩翻盖手机,气氛谨严。我还以为出了什么事,后来坐过两次才发现,东京都附近的上班族坐车大多如此,倒不是专门板脸吓唬我。

  巴黎的地铁,大多也挺安静。乍去会发现姑娘们穿黑灰大衣居多,一半因为巴黎冬天太长,一半因为低调,防小偷。大家低头看书玩儿

巴黎地铁上多卖艺人，拉提琴的，抱设备上地铁来唱歌的，唱完一站便撤，游击队。

手机，倒是些北非来的阿姨，打扮得色彩艳丽，首饰花哨，说话咕噜咕噜，声音像美丽的泡泡。

巴黎的地铁线路，年龄差距甚大。老的极老，能追溯到20世纪初，车门需要人手动按或拉；车厢和站台之间跨度大，像爱吃糖的老年人的牙缝，关不住风，一失足还能滑下一只脚去；站台之间的甬道都像古典式建筑。新的则很新，行驶也快，站台上广告也换得勤。地铁上多卖艺的人，有些在甬道里长期占位，比如卢浮宫7号线那位拉大提琴的，圣母院站那个四人演唱组合；有些是抱设备上地铁来唱歌的，唱完一站便撤，游击队。我还见过有老华人中气十足，唱"一条大河波浪宽，风吹稻花香两岸"，法国人听不懂歌词，但听着调门高亢，还有凑热闹鼓掌的，给硬币也格外积极。

葡萄牙的轨道线路就有些魔幻。里斯本的站台极长，而列车颇短。于是经常众人等在一端，车停在另一端，满站台的乘客遂撒腿往另一端狂跑，看着地铁车门慢慢合拢便一片尖叫"等一下"。波尔多有一条看似是轻轨的线路，换乘路线极诡异，有一站换乘，简直是上山下乡的一次短途远足，而且得等二十多分钟。有经验的诸位一下车就跑到站台旁花田里坐着，挺起肚子晒太阳，喝软饮料，自得其乐。所以在葡萄牙，轨道交通出行极易变成彼此关爱暖人心的旅途。里斯本著名的有轨电车线路，即去贝伦塔的那一拨，车行极慢。我去过三次，每次上车，都有老夫妇看我亚洲脸，先问一句"是去贝伦塔的吗"？沿途每到一站，便回头关照我们还有多少多少站，待我们下车时，老太太老先生一起挥手，笑得如释重负。

我们从葡萄牙南的法罗——出租车大叔称其为"大城市"——去度假区的拉各斯。火车站台上一位圆肚子大叔，过来跟我们聊。我们换了英语和法语，大叔摇头，表示只会说葡萄牙语。我们给他看车票，晚上六点半的车，距出发还有近一小时。他就点点头，表示晓得了，指手画脚，指挥我们去河滩看暮色。

六点半一到，圆肚子大叔过马路一样跳过铁路，朝我们跑来，扯着嗓子喊："Train！"抢过我们的箱子，拽着就走，一边手舞足蹈，指挥我们跟上。等把我们赶鸭子一样推上火车，隔着车窗哗啦啦地微笑。车都开出去了，他老人家还在那里立定挥手，像面抖开的旗。

在那列火车上，邻座有位大叔，英语说得脆亮好听，英国腔，长得像《指环王》电影版里佩彭变老之后的样子。我暗自偷猜：他是哪国人呢？大叔掏了个本子，里面有详细的、整齐的、直尺划成表格的火车时刻表，精确到用不同字体和颜色，标明某一站停多少时间。我正惊异，大叔又打开箱子找东西，我们便望见箱中细软，分门别类，分颜色放得方方正正，仿佛拼积木般好看。邻座的葡萄牙姑娘看得长吁短叹，惊叫连连，最后嚷："你好有组织性啊！"我问大叔："您是德国人吧？"大叔点点头。德国大叔比我们早下五站，临下车告诉我们："按照这个时间推算，你们到站时间应该是八点十六到十七分！旅途愉快！"到站时，我特意看了看：八点十六看见站台，八点十七停稳的。

　　我从拉斯佩奇到罗马的列车上，遇见过一对老夫妇，老阿姨手持一篮樱桃，老伯伯手持一本嘲笑贝卢斯科尼买春的杂志。这对意大利夫妇只会意大利语，听不懂英语或法语。但他们太热情了，下车的时候，我已经吃光了老阿姨的樱桃，而且知道她叫弗洛达，知道老伯伯叫弗朗切斯科，是在都灵工作的菲亚特工程师。我把在威尼斯买的玻璃瓶送了一对给他们，弗洛达在我脸上亲了许多下。回去巴黎，连着三个星期，我都有接到弗洛达寄来的火腿和腊肠。

　　我乘火车的生涯中，最为快乐的，便是捏着一张无座票上车，发觉过道里空空荡荡、清清亮亮的时候。这时我便可以在过道一侧靠壁坐下，抽一本书放在膝上慢慢地读。窗外天气晴好，鸟群飞过河流直向村庄翔集。烂漫阳光落在书页上，而飞奔而过的树列，就是书页上不断划过的鱼鳞似的阴影。当然也有久不见树影的旅程：那是2006年夏天，我坐火车自上海去乌鲁木齐。第一个24小时过去后，沿路皆沙漠，日出日落时大漠如玫瑰色，天不断呈现红紫金蓝诸色，映得书页五彩斑斓。真

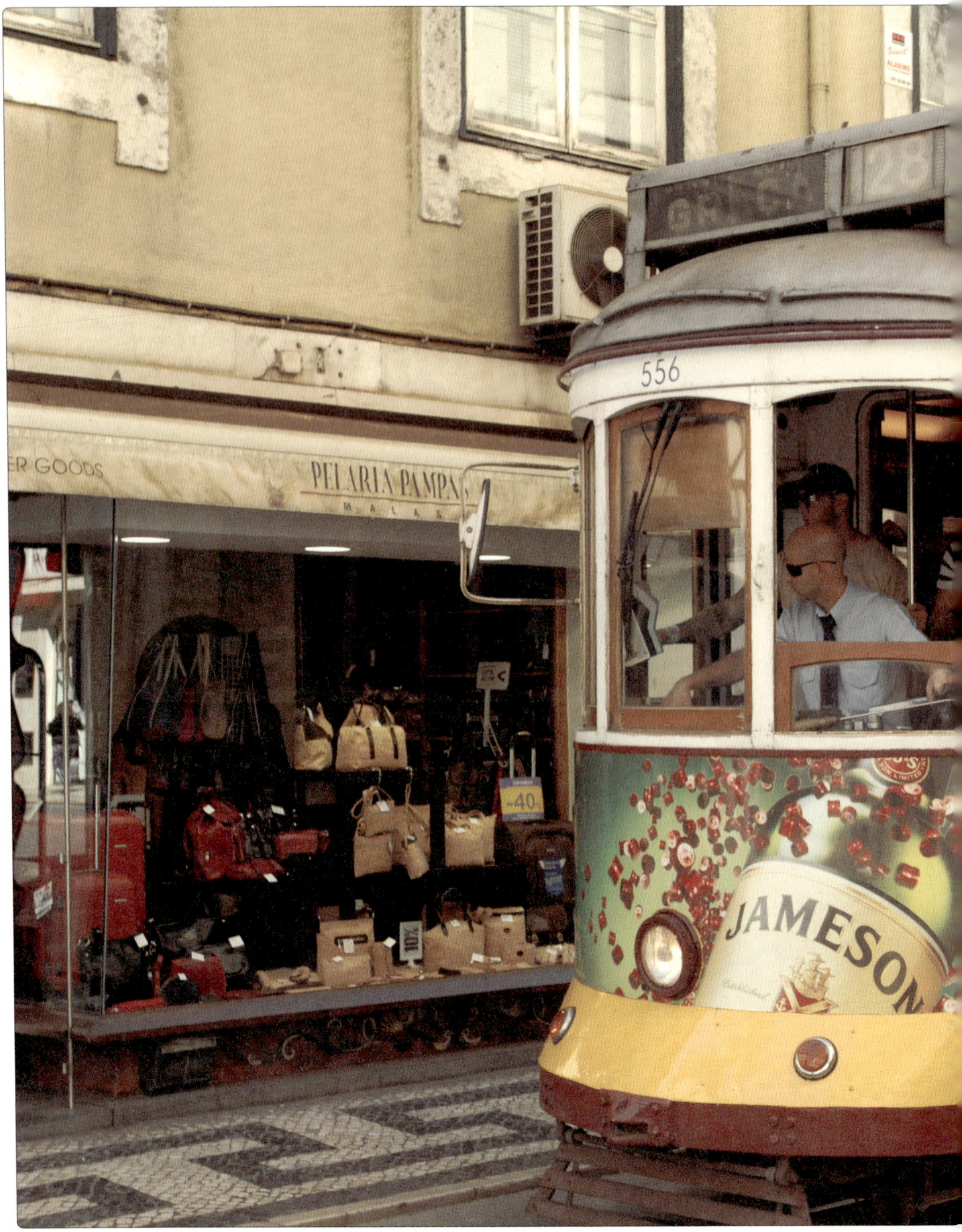
ER GOODS
PELARIA PAMPA
MALAS
556
-40
10%
JAMESON

在葡萄牙,轨道交通出行,极易变成彼此关爱暖人心的旅途。

有人跑到洗手间去，就着窗口拍照的——火车窗密封，唯洗手间可见到外面——气得外面急着方便的人狠敲门："快出来，我们要办正事！"

车在大漠里走，也有不好之处：大家普遍没手机信号。先前车长跟我们说过，上海到乌鲁木齐，48小时，"过了达坂城的风车，就差不多了"。然而当日我们过了达坂城的风车，过了48小时，车依然不停。大家不耐烦起来，问乘务员："怎么还不到？"乘务员打一个哈哈："这不是很正常嘛！"彼时正是世界杯期间，坐长途火车的诸位如陷孤岛，都关心球赛战况。不知哪位说餐车有电视，可以收到信号，大家便一起到餐车门口探头探脑；末了大师傅到门口喝一嗓子："阿根廷赢了，六比零赢了塞黑！"大家一边如偷窥到美女出浴般纷纷吁叹，撤离餐车，一边感慨："唉，坐这车，误了这么高比分一场球！"

陪父母旅行

2015年夏天,若的父母——我该称岳父岳母了——到法国来。走了一条可以称之为"'梵高'加'塞尚'加'基督山伯爵'"路线。

在巴黎玩了两天,然后南下亚威农,看了亚威农戏剧节。

路过了加尔桥——这桥在五欧元纸币上有。小说《基督山伯爵》里,卡德鲁斯就在这里开酒店。

去了阿尔勒,看了梵高的向日葵田。

去了埃克斯,看了塞尚当年画山的地方。

去了圣十字湖,看了普罗旺斯的薰衣草田。

去了马赛老港,远远看见了当年囚禁基督山的伊夫堡,以及地中海。

去了戛纳与尼斯,在我看来,戛纳海边,就像一条有海岸风景的上海淮海路;尼斯更动人一些。

梵高疗养院(ESPACE VAN GOGH)是梵高割掉自己的耳朵以逃避疗养生活的医院，后来精神状况恶化之后，他也在这里住了一段时期。梵高在这里完成了近三百幅画作。经过复原的《亚耳疗养所的庭园》以梵高作画时候的视角立于庭院一棵繁盛的大树下。文森特·威廉·凡·高(Vincent Willem van Gogh, 1853—1890)，荷兰后印象派画家。

梵高的《自画像》。"生活对我来说是一次艰难的航行，但是我又怎么知道潮水会不会上涨……"

《阿尔勒的卧室》。梵高在等待高更的日子里，运用鲜明的黄色和淡蓝色，描绘了自己的卧室。另外，还有两幅类似构图的相似画作。

《玻璃杯里的扁桃花枝》。厌倦了巴黎的梵高1888年2月来到阿尔勒，过了28年漫长的一个冬天，可他目睹着扁桃花开花了。

《鸢尾花》。难以描摹的梵高与狂乱的鸢尾，谁不讶异日后的那束鸢尾花呢？还有手腕动和忧郁的郁而无助可爱。

塞尚的《圣维克多山》，窗中的山。

塞尚的《自画像》。右图指示路牌上的画作，常年风吹日晒，已经失真。

Les Paysages de Cézanne

↑

Le Chemin des Lauves

塞尚的《圣维克多山》局部。在塞尚的画作中，刻意表现过蜿蜒崎岖的山路。

塞尚的油画作品《putto石膏像静物》，塞尚的静物作品大部分取材于埃克斯法国的工作坊的日常。

去了巴塞罗那与格拉纳达——在我，这算是故地重游。更多是带着长辈们，溜达一圈。

在加尔桥，我们吃了马赛鱼汤——橄榄油炒洋葱、西红柿、大蒜、茴香等各类菜，可以自己加切丝奶酪或面包蘸鱼汤吃，吃法仿佛鱼肉泡馍。

在普罗旺斯，我们吃够了大蒜。将大蒜捣碎，与橄榄油拌上，是任何普罗旺斯菜的基本调味风格。蛋黄酱里加橄榄油大蒜，与意大利干酪丝一配，往鱼汤里倒，就是著名的马赛鱼汤。一锅贻贝，用大蒜焖煮出来，就是普罗旺斯风味；如果你用奶油和白酒，大家只会扮个鬼脸："诺曼底人才这么吃。"烤好的面包要蘸蒜蓉蛋黄酱，吃鹅螺时店主如果体贴，会端上蒜泥以及"专门配合蒜味喝的白葡萄酒"。听起来很怪异，但尼斯海边，确实是这么吃的。

南法对于蒜的热爱，胜于一切，理由也简单：对年轻的鼻子和肠胃而言，哪样更动人呢？是美味的蒜油蛋黄酱，还是一块鲜血淋漓的牛肉？得了吧，如果不调味，牛肉哪有蒜好吃？

马赛旧港海边，经常见老大爷叫一锅蒜蓉贻贝，一瓶酒，自斟自饮自己掰贻贝，默默吃完走人，娴熟无比。马赛厨子说起尼斯厨子，摇头："他们用太多洋葱了！"果然在尼斯，配牡蛎的红醋里是泡着洋葱的，

蒜

西红柿

洋葱

茴香

贻贝

连招牌贻贝的做法，也多半是洋葱炒过配酒来炖。妙在无论是用洋葱还是蒜蓉橄榄油炖，炖过贻贝后的锅底都留有鲜汁，用面包一蘸，好吃得让人吸溜一声。最爱喝这汁的，会举起炖贻贝的罐子，咕嘟嘟给自己来两口——简直就像鲁提辖给自己灌酒。

夏季阳光，自有其色彩与味道。在圣十字湖，阳光清冽温柔，不疾不徐地洒落，掺有海鸟拍翅膀的阴影，布满了葡萄酒与烤鱼的味道。尼斯的海角阳光，浓烈醇甜，简直有点发酵过度，里头掺杂着海鱼在钓竿上翻动的声音，以及海风远远推云而来的腥味儿。巴塞罗那的阳光浓得可以托在掌心，叶影如剪刀，把阳光剪成一块又一块。其中有花香，有百香果味道，触一触，像热带水果般地刺肌肤。格拉纳达的阳光里掺着沙砾，有河水的幽蓝之色，以及肉桂香味。

人在这种清冽温柔的、浓烈醇甜的、透明的、花香四溢的、酒与沙砾并存的阳光里，真的可以平和下来。看见那种光线，就会联想起夏天海水的粼粼波光，联想起啤酒杯中闪烁的光芒，联想起海边沙子里孩子们遗落的玻璃挂坠。

岳父以前身手极好，开车上高原，奔西北，一日一夜不眠不休。在普罗旺斯期间，岳父状态已大不如前，我岳母开车，开一会儿，岳父就嚷："换，换！"换岳父开，车刚开一会儿，岳父便头一低一低地，开始犯困了。到地方了，岳父便还一本正经："这山路太绕了！晕！"

我爸曾经也是真能喝酒。我刚上大学时，和我爸出门玩过一次长途旅游。青岛、蓬莱、威海、大连。为了让我有航海体验，我爸特意找了海轮去的。那时节，我爸被青岛的朋友开车拉到啤酒宫，咣咣地喝了八扎生啤，面不改色，洗手间都没去。

但自那之后，机会少了：我妈不太喜欢我爸饮酒，我爸自己也收敛。我妈以前，也爱动，但2013年动过手术后，就懒得动了，每天在家里抱狗而已。每次我说："我给你们买机票订酒店，想去哪里去哪里。"我妈便回："哎哟，老麻烦的，我还要照顾狗狗，小区里还有那么多孩子要我辅导功课，出去旅行又累……"2015年8月，我去杭州、苏州、上海做签售，本来想拉我妈同去——我做完签售，便好带我妈到处玩儿。但我妈到火车站，变卦了："哎呀想起来还是累的，我还是回去哉！"

我父母年少时，都精力充沛，五湖四海地晃荡。但年纪大了，多少懒怠起来。老人家不肯出去玩，是一种综合心理：怕花钱，怕麻烦，怕累。千哄万哄，总是觉得"哎呀，等都安排停当了去嘛"！殊不知旅行这种事，本来就是心血来潮去最好。安排得越周密越琐碎，越不像是出去玩儿。

每个人或多或少，曾经抱着这么个心思：我有个梦，才不会忘呢，只是，我要，努力到多少岁（给自己定一个期限），然后就开始做自己想做的事！

每个人或多或少，都存着这么个虚无缥缈的只有自己珍之藏之的梦想。大多数梦想，并非破灭，而是被推迟，被当作酒柜里的庆祝香槟，"非得到那一天才能享用……我们得等到那天"。类似的还有：年少时，好些朋友把"带爸妈去旅行"当成个奋斗目标。想着等工作挣钱以后，就带着他们去看更大的世界。但生活总是充满变数，不是有时间的时候没有钱，就是有钱的时候没时间……这场理想中的远行，迟迟不能成行。与这个梦想并存的，是这个念想："有一天，一切都会好的，然后我们就能……"在未来的某天，阳光灿烂，你无忧无虑，自由自在，可以随心所欲。

许多父母，尤其这么想："哎呀，还有这样那样的事没完！要孩子上学才安心啊！要孩子找到工作才安心啊！要孩子结婚生孩子才安心啊！"但类似的念想，很容易导致一拖再拖。对父母们而言，就是："……哎呀孩子又生了孙子了，又有孙子要照管啦！我还是不要出门的好，等我孙子长大了我才好安心出去玩……"但那时是不是玩得动呢？许多老人家未必考虑得到这一点。他们总觉得，有点力气能动弹，就要做事儿；没力气了，事情都定了，才肯出去玩——殊不知，玩也需要力气的。

该对父母说的话，该让父母做的事，一拖，很容易就拖过去了。

上一次陪父母旅行，是什么时候呢？

人世间并没有"这以后就没事，可以放心出去玩了"的时光。生活总在继续，然而父母身体好，还能吃能喝，经得起折腾的时光，却在慢慢减少。树欲静而风不止，子欲养而亲不待。人生的确长得很，但我们和父母，什么都吃得下还愿意吃的好胃口时光，有兴致出去看世界且还有力气追梦的时光，却短暂得多。

自由的
罪恶与
美好

THE HAKUSHU SINGLE MALT WHISKY
白州
12
18
HIBIKI
JIM BEAM
RYE
SIGNATURE CRAFT
12 YEARS
SINGLE BARREL
Maker's Mark
BOURBON WHISKY
Maker's
46
Four Roses
DRAMBUIE
DISARONNO
BENEDICTINE
Grand Marnier

我以前很喜欢说的一个故事：2006年秋天，那是我最穷的时候。我女朋友若，那年刚到上海来，两人不知算计，稀里糊涂把钱花个精光。于是每天买早餐，都得满家里沙发底床脚捡硬币凑数；出去吃个饭，两个人点一个菜就叫米饭，惹得老板频频回头看；买麻辣烫都不敢点荤的——那时上海的价码，麻辣烫一份荤的一元，素的五角，多点些素的，就能顶饿了。

到那年十一月，我等来了一笔稿费，也不大敢用。十一月中旬，她得回学校考试。临走前，我们先把她回学校的车票钱算罢，最后剩了些纸币，珍重地收着。那是周六午后，俩人没吃早饭，都饿了大半天，就用剩的钱，买了两个肉夹馍，人手一个，分着吃。

那是十一月的午间，阳光晴暖，两个已经穷了一个多月，不知道什么时候日子才能宽裕些，决定就这样天不怕地不怕过穷日子的人，在丁字路口的马路牙子边，背靠背坐在消防栓上，边晒太阳，边欢天喜地，双手捧着，一口口吃得腮帮子鼓起，满嘴是油，就这样高高兴兴吃掉了各自的肉夹馍。

我后来吃过的一切，没一样能和当时的肉夹馍相比。事实上，那样的日子所以幸福，多半因为：两个人当时，都自由自在的。穷，但不以穷为苦。日子，过下去就好。

若是这么一个思绪经常天马行空的人，她不在意过穷日子，吃肉夹馍也可以；但她有想法起来，也真是敢想敢做。2007年夏天，若因为学校交换计划，去巴黎转了一圈，回来说："我们将来去巴黎怎么样？"

——理由特别充分。法国留学相对便宜，适合我们这种穷光蛋。德国、荷兰也不贵，但学德语太头疼了。

"你反正有网络的地方就能想法子糊口，对吧？"

我当时听得瞠目结舌。她一个大一升大二的女孩子，我一个没有职业的自由撰稿人，我们要去巴黎——听起来很荒诞吧？几年后，我有个朋友听我说起这件事，他说，若这样的女孩子，多少有些……不现实，因为她在某些方面极其早熟，比我还老成，某些方面却天真得不像话。我说，我知道，所以我大概得一直成全她的天真。

然后就是漫长地折腾和准备。2008年之后，我来者不拒地写约稿，挣钱，在上海找法语课上，之后，申请学校，准备材料，做公证，考试，面签，递签，被拒签，重来，上课，考试，面签，到银行开账户流水，找房子，递签……期间，我们两个人绕了许多弯路，但也得了许多人的帮助。有许多是靠结的善缘，有许多纯粹是遇到了好心人。2012年8月底，我第二次面签时，面签官说对我似曾相识，她记得我是那个"写字的男生"。

法语对答完后，她开始问我英语问题，"聊聊你对巴黎的想法？"我说，我读的第一本西方书是我爸藏的《三剑客》[上海译文社，红皮封面，李青崖先生翻译的]，里面的达达尼昂[该译本译为达尔大尼央]年轻气盛，啥都不知道，就跑去了巴黎。第二本西方书是巴尔扎克的《高老头》，里面的拉斯蒂涅也是，年轻气盛就想在巴黎当野心家……有些念想是小时候就有的，可能到最后会觉得天真，但总得到过那里再说。而这一切，归到若的精神里，也就是：想做什么，就去做。为了最初的念想，是可以放弃点别的什么的。于是就这样了：我们并没有一个长期的规划，只是退了在上海的房子，到巴黎去了，我们到巴黎，这也已经是第四年了。

2016 年 7 月初，我们去波尔多，又是一次临时起意、抬腿就走的旅行。黄昏时节，我们找馆子吃肉喝酒，我和老板说："我们以前都习惯喝白葡萄酒、苏玳或者波特酒了，您给我们来一款可以爱上波尔多的红酒。"老板给我们推荐了一瓶 2000 年的。若等酒醒了醒，喝了一口后，点点头："真是人生体验啊。"吃了口牛排，看看我，说："这牛排算是……第二吧？"我吃了口，点头："第二。比佛罗伦萨那个差一点。"

所谓人生体验，是说，我吃过最好的牛排，是在佛罗伦萨某个土土的小馆子；最好的龙虾，是在格拉纳达的 pesto43；最好的一份牛尾汤，是在重庆老四川；我看过最美的海，是在马德拉的丰沙尔；看过最好的一次现场足球，是 2015 年 4 月在诺坎普看巴萨六比零打赫塔菲……

这些体验过去了就过去了，是一次性的。唯一的用途？大概就是留着回忆吧。我以前总觉得，东西如果是一次性的，就不上算。付出代价买了什么，总得能多用多摩挲，才合算。直到后来，慢慢意识到：许多东西，我们买了，以为可以永久存放，值回票价，其实真去把玩的，也没那么几下。而人生，其实也就是各色体验构成的，每次体验，都是一次性的。

"如果明天就会死掉，也会觉得这辈子没有白过。"若是这么说的。这么说有点夸张，但选了自己想走的路之后，无论什么结果，至少不太会后悔——因为是自己选的，自己做主。

当然，我们为此，早早放弃了许多东西。许多同龄人拥有的东西，我们没有；但以此为代价，我们也拥有了许多同龄人没有的东西，包括体验，以及相对的自由。我还记得，当若的长辈不断劝我找份工作时，我如此劝述："您看，比如若要回重庆来看你们，我可以不用请假，抬腿就走。这种感觉，不好吗？"

自由像果酱，从来不顶饱；但自由的时候做任何事，都比不得不做的时候，感觉要好一点。就像，周六与周日的熬夜，总比平时的熬夜有趣。周六与周日的发呆，总比平时的发呆闲适。暑假的懒觉，也比平日的懒觉更甜美——有过这些体验的人，大概能明白我在说什么。

自己可以做主的感觉，就是如此罪恶又美好。世上有许多梦想，许多很美好的东西，因为不太实用，无济于物质生活，所以被我们放弃了。如上所述，自由并不完美，也无法顶饱，但它令一切可能性熠熠生辉。自己做主，不意味着可以做许多事，而意味着：你可以选择不做许多事。你知道，同样做一件事，不得不做和可以选择不做，这两种感受，是不同的。

这些年来，我的一个重要体验是：我们的父母亲友，无论他们多么关爱我们，出了多少主意，大多数时候，他们也只能从自身经验出发；而最后，无论我们是走对了还是行差踏错，都不会发生在他们身上。所以最切实的感受，最真诚的决定，永远只能我们自己来做。享有自由，做出选择，然后为结果负责。在一切惨烈的结果到来之前，享受一点自由，获取一点不会为之后悔的体验。

大概自己做主的人生，就是这个样子。并不总是快乐的，但如上所述，能自己做主的人生，比被驱使指点的人生，哪怕是发呆，都要多一点乐趣。

> 旅途中，
> 真是
> 什么样的人
> 都遇得到啊

　　在巴黎，我初次上圣日耳曼大道，不知道怎么去巴黎圣母院，当时还没装载巴黎可以用的手机卡，用不了导航。路边见一个老太太，遂上前问之，法语不够用英文。老太太听得懂英文，连连点头，但回答起来，还是字正腔圆的法语，说得又急又快，语如流水，我抓不住。正急忙间，老太太一抬拐杖，示意要带我去。这才注意到，她腿脚不灵便。我不好意思，摇头跟她说罢了，另找他人问路，老太太坚辞不允，佝偻着身躯在前走，过街绕弯，看见塞纳河岸了，远远一指圣母院，"看见了？""嗯嗯。"老太太满意了，"好，日安！"转身佝偻着走了。

　　那时我大概明白了。许多巴黎人不是不乐意跟你讲英语，他们是真不会。

　　在葡萄牙，我们从法罗去拉各斯，火车站标牌都是葡萄牙语，时刻表看不大懂。我把车票给站台一位老爷爷，他点点头，就跟我们指指火车站旁的河滩："Go Enjoy！"我想大概让我们赏玩风景之意。好一会儿，远处火车来时，那位老爷爷一路朝我们奔来："Train！ Train！"

我和若在里斯本，找不到酒店，在罗西奥广场左右寻觅，最后找了路边一位秃头圆脸葡萄牙大叔，大叔咬着髭须皱着眉看酒店的名字，半晌无语，遂一招手，仿佛地下冒出来似的，出来五六位胖大叔，五六个脑袋扎成一圈，叽叽咕咕地讨论，间或还激烈地争执、提议或否决，反而把我们俩晾在一边。一盏茶时分，大概是有了结果，秃头圆脸胖大叔举起地图点点头，其他大叔瞬间作鸟兽散。胖大叔指示我们：跟着走。走出三五步，到一个十字路口，大叔举手跟我们比画："我们讨论出来了，应该朝这条路走，第一个路口转弯，再向右，好！"然后在地图上打个叉："就这儿了！"我们接过地图，千恩万谢，抬腿而行，没走出二十米，只听背后一声吼："等等！"回头看，是秃头大叔气喘吁吁追来："我怕你们还走错，我带你们去！"

从法国阿纳西上阿尔卑斯山，需要坐窄轨列车，缓缓爬山。2012年圣诞节前夜，我和若先到，另两位朋友打车赶到车站还要一会儿。我们求了列车司机，请他稍等。列车司机——一位身材颀长的小哥——扬扬眉毛，说没关系，"反正车子就你们几个人坐。"诚然如此，长长的列车，只有我们四人坐。车子在夜色中缓缓爬坡上阿尔卑斯山时，另两个朋友躲躲闪闪，在驾驶室外张望。司机说请进来吧，可以在驾驶舱的车头玻璃那里往外拍照，还好看些。然后加了句："只要你们别打劫我，怎么着都行。"

窄轨列车缓缓行驶于阿尔卑斯山脉间。无论生活多么令人劳碌、沮丧、疲惫，每当想起旅途中这些热心热肺的人，就会觉得日子总还是有过得下去的余地。

我想去马德拉著名的农贸市场见识热带水果，出门到海滨大道，见一位出租车司机大叔，腆着圆肚子亮着大光头，车旁支一把椅子晒太阳。跟他说声去农贸市场，大叔懒洋洋地睁眼，拿别扭的英语说，农贸市场走过去也就两百米，打车得绕山，要10欧元，你们还是走着去吧！我跟大叔说，我是游客，人生地不熟。大叔从椅子上支起身子，端端大肚子，走走，带你去！——走出二百余米，一指前方一个五颜六色的建筑，就那里啦！旅途愉快！——转身回去了。

2012年初春，我和女朋友大晚上逛横滨，想去山下公园。不认识路，天又略冷，一路瑟瑟缩缩。看见一家"筑地银"，天晚了，只有两个小伙子在看店，一个微胖，一个染着发。我俩过去，用英文要了份章鱼烧。看着他俩配合：微胖那位给模具刷油，染发那位把调好的章鱼丸子——外层是面糊，杂有蛋皮和海苔等，内是章鱼块——倒进模具加热，烧到章鱼丸子凝固，染发那位预备包装，而微胖那位负责撒海苔粉、酱油、木鱼花等，最后问我们要加什么酱料。"就普通酱料好了。"于是浇上酱料，递给我们。我们顺便用英语问："这里去山下公园还有多远？"他们俩的英语似乎不算好，两人面面相觑，讲不出来；微胖那位问了染发那位几句日语，染发那位苦苦思索了一会儿，摇摇头，于是跑去厨房柜里拿了纸笔，画了条路线给我们；染发那位画时，微胖那位就从旁指导，点点画画，时不时给我微微躬身：抱歉啊抱歉啊。我们都不好意思了："啊OK的要不算了。"但他们还是画完了地图，交给我们，还是躬身："抱歉啦！"走出不远，我们在路边长椅上坐下来吃，章鱼丸子酥脆，木鱼花鲜，海苔清香，酱汁还是热的，因为卖之前一直在用慢火加热；酱油里略带

在大叔的指点下，
我们找到了马德拉农贸
市场的热带水果。

昆布味道，是特意调制过的；最后，大块韧章鱼脚跟酥软的丸子，配合得极好。其实就是一味民间小吃，但不妨碍工艺细致，每一个细节都做到位了，于是好吃。我们俩分吃了，继续朝山下公园前进，按地图，就这里了！抬头一看：到了！回去的路上，夜深天冷。眼看要路过"筑地银"，我问女朋友："再来一份章鱼烧，带回去吃？""好。"于是走过去，看见那二位还在呢。一看见我们，染发那位就用硬舌头日式英语问："找到了吗？""找到了！"

2015年4月28日，巴塞罗那。我和两个男生朋友一起抢上出租车，请司机去诺坎普球场。司机问我们，哪个门？我们愣住了——此前我们没去过诺坎普，球票则是我们三人的女朋友们三位女生去取的。我们模模糊糊地唠了几句，说，大概就在球场西南，角球区那一带。司机听罢，思忖了一下，说，那么应该把你们放到6号门附近比较好，这样你们去103或者97，都不用太绕弯。说完这句，颇为自豪地补了句："我对诺坎普可熟了！"

我们一起鼓掌点头。

到了地方，司机又问我们："你们当然是支持巴萨，不是支持赫塔菲的，对吧？"

"对！"

"Força Barça！"

无论生活多么令人劳碌、沮丧、疲惫，每当想起旅途中这些热心热肺的人，就会觉得日子总还是有过得下去的余地。

和纸，
仿如细雪

古代西方概念里，觉得莎草纸、羊皮纸，都算是纸。然而这两种玩意儿都有问题：莎草纸是莎草茎切成长条薄片，编织放平，然后捶打，用石头磨光，再上胶——而且只能在一面书写。讨厌的是，这玩意儿只能在干燥气候下使，一遇到潮湿，立刻腐坏。羊皮纸倒是两面都能书写，问题是，剥羊皮，浸泡，刮毛，晾晒，擦防腐剂，你简直需要一整支屠宰部队来弄一张纸。

所以东方的纸传入欧洲，简直是福音，李约瑟毫不犹豫，把纸列为四大发明之一。中国造纸术花样很多，宋朝苏易简《纸谱》说：

蜀人以麻，闽人以嫩竹，北人以桑皮，剡溪以藤，海人以苔，浙人以麦面稻秆，吴人以茧，楚人以楮为纸。

万变不离其宗，造纸总须绕着植物纤维打转儿。蔡伦改良造纸术，

日本和纸制的灯笼

【叁】荡料入帘

【肆】覆帘压纸

【伍】透火焙干

用的是树皮、破布、渔网——还是纤维。西洋的机械造纸，将原木打成木浆，蒸煮，漂白，添加化学品——还是离不开纤维，只不过采用现代科技的造纸方法了。

　　日本纸即和纸，在日本人看来，和纸与西洋纸和中国纸，都不相同。按《古事记》推算，日本在公元4到5世纪就有了纸。公元540年，有记录从中国大陆渡海而来的华人在日本参与造纸。这事并不奇怪，中国移民匠人对日本文化的推动程度是极巨大的。非只中国，《日本书纪》里提到，高丽王进贡过纸与彩色笔墨，此类纸在制作时，需要用到水车与石臼，水是用来冲刷的，石臼是用来磨的，听起来已经初具后来的和纸做法雏形。到了8世纪，大概天平年间，美作、出云、播磨、美浓这些地方，都有了造纸记录，各地造出的纸还各有特色。彼时佛教在日本大

[壹] 斩竹漂塘

[贰] 煮楻足火

图为《天工开物》记载的中国古法造纸。史料记录，公元五四〇年，有从中国大陆渡海到日本的华人在日本参与造纸，后日本发展自己独特的造纸技术，造出了和纸。

为盛行，印佛经需要大量的纸。

当然，至少在8世纪，纸在日本还是奢侈品，山野僧人，就只好用木条和炭来抄录佛经。稍微好一些的，会学中国人制作麻纸：利用破布与旧渔网之中麻的纤维来制作纸张，然而这并非真正的和纸。贫富差距从来不是好事，但偶尔能刺激创造欲。老百姓用不起纸，可是贵族与僧侣们却不惜工本。正仓院的一些古籍里说，僧侣与贵族能制造彩色的纸来印制佛经，并觉得只有植物纤维的纸才够意思：挺括鲜亮，雍容华贵，比单薄粗粝的麻纸强多了。

到了平安年间，民间还是没有大规模应用纸。纸，一如昆布、酱油、针、海鱼、木炭，属于珍贵的商品。但在各地公家大名那里，动不动便有一家上下年供应两万张纸之类的记录，作书画，抄佛经，发公文，都使不完，于是动起了脑筋，和纸的用处，也便多起来了。除了写字画画，也用来做其他用途：做障子——便是我们常见的纸拉门——格外轻便。拿来包裹礼品也手感厚润。制作屏风更是素雅易装饰，还透光呢！

因为和纸的多样用途，反过来促成了和纸材质的多样化。原先制纸职人的想法，还是为了书画载体而做纸，但当纸必须用来当障子当托盘制雨伞做剪纸时，便有了其他可能。

到了室町及至江户年间，和纸的做法终于算成了型。虽然如今日本人会说和纸做法古已有之，但大体遵循的，是17世纪左右的做法。当然啦，制纸职人们会说：和纸这玩意，天时地利人和，才能成功。天时，需要天气寒冷，如此才能靠清冷的气候抑制菌类生成，清澈冰冷的流水则是制和纸所必需，兼且有利于营造纸的脆感。所以，江户年间，日本农民冬天无事，便做和纸来补贴家用——反正，贵人们总是需要和纸的。

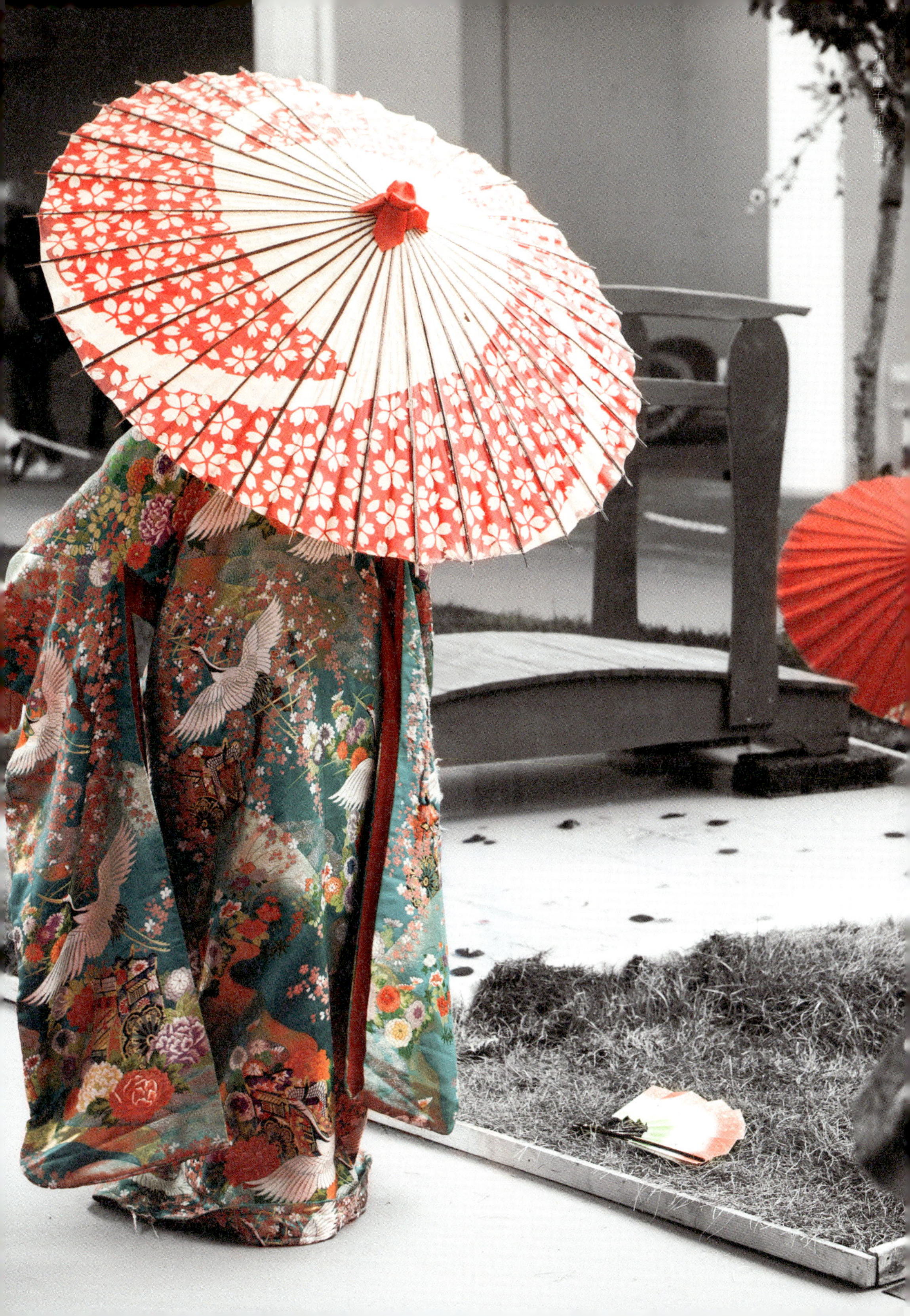

雁皮是瑞香科落叶灌木，成树高不足两米。纤维细且短，有光泽。雁皮纸是以雁皮的树皮为原料制成的，由于雁皮的纤维细且短，因此造出的纸半透明而有光泽。更因难被虫蛀，故常用于文物的修补。

和纸的分类，最有名的三种：雁皮纸、三桠纸与楮纸。名字的来源，是三种树。

雁皮纸古代也叫斐纸，表面光滑明亮，适合用来制作书籍，翻来很是顺手。有浮世绘画家会拿来作画或印刷，当然各人喜好不一。浮世绘史上第一猫画师歌川国芳，就嫌过这玩意太滑了，无论印刷还是作画，感觉都不那么顺当。

三桠纸则有象牙色，喜欢的人认为有古意，这类纸表面纤细，适合书道。浮世绘名家中的肉笔绘能手，也愿意使这个。

楮纸的质感接近于布匹，入水不会变软，用途极广。比如，浮世绘大宗师葛饰北斋少年时，为了挣零钱，曾经用残旧的楮纸，粘成一人高

三桠是瑞香科落叶灌木，成树高不足两米，种下树苗后，每三年可收获一次。三桠纸的特征是纤维细而柔软且有光泽，上面有上等的纤细的花纹。表面很光滑，由于非常适合印刷，被誉为世界第一品质而被用作日本银行券的原料。

楮，落叶乔木，叶似桑，树皮是制造桑皮纸和宣纸的原料。古时亦作纸的代称。楮是桑科落叶灌木，高不足三米，易栽培，每年均可收获。由于其纤维粗长且坚韧，因此原料应用于制作拉窗纸、裱糊用纸、美术纸、奉书纸等。

茶具 ⊙ RyuryukyoShinsai / 绘 ⊙ 江户时代 ⊙ 和纸绘画 ⊙ 21.9×28.6cm

的纸糊辣椒，在江户街头唱辣椒歌谣，跟扮河童的、扮福神的诸位为伍，蹭点儿赏钱。日本的折纸文化、花道甚至型染，都会用到此物。

制和纸，最常用的纤维来源，是楮树。楮树枝被煮过后，剥下树皮来，晒干；树皮再用碱液煮过，如此能去除树枝上的淀粉、油脂与鞣质，使之变得清澈；再将只余下纤维的树皮放在清澈寒冷的流水中，洗去碱液。树枝的纤维经历过如此复杂的剥取洗涤之后，便变得清瘦纤薄。可以选择漂白——将纤维放到有水蒸气处，放久了，自然白净些——虽然不如机械制纸添加化学药剂那么惨白夺目。当然也有贵人喜欢自然甚至有波浪纹的，有古意，便不漂白。

匠人赤手空拳，将杂质从纤维中挑拣干净后，便可以将楮树皮搁在石头上敲打了，直至成为纸浆。将纸浆舀在一个平面上，抖动，使之展开成平整的纤维。这时候，可以用一种增稠剂来处理一下——通常用黄

日本茶室。图出自《旧仪装饰十六式图谱》，日本猪熊浅麿／著。⊙和纸绘画

蜀葵根制作——不增稠的和纸成品薄些，适合写字作画当书页；增稠的和纸成品厚一些，可以很硬扎结实，甚至可以拿来当盘子端菜。

关于和纸的审美，有一个经典细节：1586年，64岁的日本人千宗易，或者按称号而言，称千利休——前一年，他还亲自为天皇主持了茶会，获封"利休居士"的称号，并注定要名垂后世，成为日本史上一代茶圣——琢磨出了一种新茶器，即乐烧，以配合他著名的草庵茶道。茶室不必大，四张半榻榻米就好。宗旨也无非是"清敬和寂"，是"一期一会"，是"茶道不过是点火煮茶而已"。他请客人茶会间吃的怀石料理，是所谓一汁三菜。如今您去日本吃的怀石料理已经被大大复杂化，当日利休讲究的是侘寂：汁是大酱汤，三菜是凉拌野菜、炖菜和烤鱼，一小点儿米饭。且说这乐烧茶碗，用加茂川的黑石为原料，高温到一千摄氏度来烧釉，成器质朴浓黑。他用最粗粝的和纸，擦拭这漆黑纯红、粗糙不平的茶

日本WASARA纸餐具

碗；用纸做障子装扮茶室，墙上挂上纸挂轴以提醒当日茶会主题，用纸做屏风并略微描绘风物来体现季节——整个茶会，都是最简单的陶土与纸，并无金箔莳绘。日本的侘寂式审美，便是这样来的。

川端康成和三岛由纪夫都用纸做过比喻：和纸，仿佛细雪，仿佛女人腹部光滑的肌肤。由纸构成的障子走廊，影影绰绰的庭院，用来盛载天妇罗的纸盘，用来收纳怀刀、擦拭协差的纸巾，用来印制浮世绘的绘纸，用的都是和纸。甚至，细微到烘焙茶，需要用上好的楮纸来盛载番茶，在火上旋转烘焙，待茶变色，再泡出醇甜之味。这些都是和纸的不同角色，是不那么纯白，未必很光滑，但柔韧多变、透光质朴、也许还带着植物自然花纹的和纸，给日本带来的美丽。

京都祇园门口，朝四条大桥方向走，有著名的和果子店俵屋吉富，创于18世纪末，做了两百多年和果子。其出品配料也无非老老实实的"樱渍"、"黑糖"、"抹茶"，并无什么奇技，至今依然。但包装上足见用心，春日去，有绿枝薇菜衬底的纸趁手；夏日去，除了和果子多用葛粉来显透明清凉，也会多加水纹的纸。匣子精美，一张浮世绘风的京都地图作内包装，和风俨然。从服务生的和服、草履，到障子，到店内的布置，皆是纸器。实际上，和纸式的和风给人印象深到这般地步：您来到巴黎香榭丽舍大道，有名的亚洲创意菜馆子"可小姐"，凭空一排尽是京都鸭川川茶屋风格的红纸伞，每桌一盏和纸灯，上菜时仿制的织部俎盘、吴须手山路瓷盘、桃山风漆器碗、伊贺釉鲍形大钵，都会垫和纸，时刻提醒你"我们这是纯粹日本味道"——至少视觉上，的确如此。

画家与旅途

　　各国图画发展，大多有这么个历程：先人物，后风景。因为图画这东西，最初都为记功记事、合影留念、巫术占祷；到后来才开始有了生活细节。中国画，先秦墓葬，魏晋女史，唐朝各类丰腴美人，都是人物为主角，到了唐朝图画才有了青山绿水。之后南宋刘李马夏，之后是元四家，一路就奔山水去了。日本浮世绘，最初多是役者绘，等于明星海报、演员照片，挂着观赏用，后来才有名所绘，等于景区照片。葛饰北斋绕着富士山，歌川广重沿着东海道，给人们画平时去不了的地方，聊以消遣。欧洲绘画醒得晚一些。16世纪德国人，17世纪荷兰人，18世纪英国人，都肯为风景画花钱；而在欧洲大陆，确切说是在法国、意大利和西班牙，风景画到19世纪才真正大河汤汤发展。维多利亚时代英国大名人罗斯金说："风景画是19世纪的欧洲产物！"

早先意大利有才华的诸位，不是不会画风景，是懒得画。一幅画里，前景人物，背景风光。米开朗琪罗就觉得人物画才有技术含量，风景画都是给"没能力画人物的人画的"，等而下之，次了一筹。画风景这事，是北方开始的——当然意大利人所谓的北方就是阿尔卑斯山以北，就像广东人觉得广东以北都是北方。德国人和荷兰人的版画匠，很乐意画风景。北方虽然没有教皇这么财大气粗有财有势，可以把米开朗琪罗和拉斐尔呼来喝去造陵墓，但人们比较肯花钱。最初的风景画，加一点儿老百姓小日子，就是所谓风俗画，其来源也很微妙：荷兰和德国小市民当时买风俗画，不为了看他处的风景，而是一种爱吾本乡的体现："哇，看我们的家乡，多么美丽啊！"

当然，人都愿意生活在别处。满足了此生此世的奢华享用后，就想往远处看看。18世纪，欧洲人两大爱好，其一是建中国式庭院，收中国式器具。餐具瓷器上，也绘中国画，绘花鸟树木；壁画挂毯的纹绣，也有许多半吊子中国式符号，比如长袍垂髯、花鸟亭台，但终究模仿得不像：这里一棵棕榈树，那里一头大象，还在小教堂旁边修个佛塔，这就穿了帮。好比《功夫熊猫》，看着很是中国，细看就知道不对。其二是欧陆旅行。因为画人，随处都有模特，没模特也有石膏像，供画师模拟出一个希腊或罗马式的人体；画风景就没那么方便了——那会儿没照相机，没见过真山真水，怎么画呢？所以正经画家，会把人生里一段时光拿来旅行。

1818年，22岁的阿谢尔-埃特纳-米夏隆出门旅行，从法国去意大利，沿途游逛。一种说法是：南欧的农民曾目睹这个衣领笔挺、头发卷曲的法国小帅哥，蹲在树根旁发呆，不管车马尘埃沾染他的大氅，就为了研究低视角下，树、云与地平线的角度问题。那时候，他衣兜里还装着奥地利公主玛丽-卡罗琳给他的仰慕信呢。

米夏隆是法国人，父亲克劳德-米夏隆是雕塑家，母亲玛丽-玛德莱娜家世更大。米夏隆11岁时，母亲辞世，他的舅舅，当时的名画家古里亚姆-法兰辛教他画画。18岁，他已经经历过了当时第一大宗师雅克-路易-大卫的调教，去皮埃尔-亨利-德-瓦伦西安先生的画室里学习过。他学了大卫的新古典主义画风，但又往前推了一步：师父擅长描绘类似于古典英雄的造型，比如著名的《马拉之死》，比如《拿破仑过阿尔卑斯山》；米夏隆则野心勃勃，试图画"历史风景画"。1816年，米夏隆20岁，当时的著名美术奖"罗马大奖"接受瓦伦西安先生建议，设立了"历史风景画"奖，1817年，米夏隆21岁，成了这个奖的获奖者，然后他得到了一切：荣誉、奖金、去罗马学艺的机会。奥地利的公主玛丽-卡罗琳和勒斯宾子爵都是他的大拥趸。他在罗马畅游了两年，深入南欧风景最精髓处，成为欧洲史上头几个在风景画里融入史诗意境的天才。他理该开宗立派，成为师父或师兄那样的传奇大师才是，众所周知，他的师兄安格尔，后来是统治19世纪上半叶的法国大宗匠，米夏隆在25岁的时候，声誉不下安格尔。

但米夏隆的人生戛然而止，就在25岁上。旅行让他染上了肺炎，在1822年的秋天，那时肺炎是不治之症。一般认为这评价出自玛丽-卡罗琳公主之口："在童年的末尾，已经获得了不朽的声名……他的声响会流传到未来。"如果到此为止，这就是一个"伟大画家出师未捷身先死，在旅途中染病身亡"的故事。但等等，没结束呢。米夏隆逝世前几个月，在旅途中，认识了一个法国人。一个还比他大三个月，同为 25 岁，却对画画还懵懂未知的家伙：让 - 巴普蒂斯特 - 卡米耶 - 柯罗。柯罗是巴黎人，家资豪富。父亲是假发商人，母亲是做女帽的：父母都算是为修饰人类头顶而服务的。在当时的巴黎,他父母是时尚业巨子。所以柯罗终其一生，没有为钱担忧过——他父母完美满足了巴黎贵人们的假发和帽子需求，繁荣着巴黎上流社会的脑袋。柯罗不算有才华，上课不好，而且不是许多艺术家那样——"成绩不好但有艺术才华"。19 岁之前,他对画画没兴趣。他少年时期都花在了散步上，那时他的周边，对他的认知是,"这是个大孩子，19 岁了，羞涩、尴尬，一被人搭话就脸红，看见美女就逃走……他很爱妈妈，但一听爸爸说话就发抖"。1817 年，米夏隆赢得罗马大奖那年，柯罗在自己新居四楼弄到个有窗的房间——那是他第一个工作室。

柯罗的父亲试图让他做个布匹商人，但柯罗厌恨"商业小把戏"。到 26 岁时，他才鼓起勇气跟父亲说："我跟商业合不来! 我要'离婚'!"在此之前的 25 年里，他太厌倦商业了，他开始短途旅行，在旅途中试图作画。

然后，宿命的相逢：他遇到了米夏隆。米夏隆比柯罗小三个月，但不妨碍他成为柯罗的老师。他教柯罗素描的细节,画各类尺寸油画的方式，如何制作风景版画，如何在户外作画，尤其是如何在枫丹白露的森林里画画，如何在诺曼底的海边作画。米夏隆还给柯罗上了点理论课，比如当时主流的法国新古典主义风格，他给柯罗介绍了瓦伦西安，以及往前推一个半世纪，法国的大宗匠洛兰和普桑。这里得补充一句，米夏隆的推荐多少出于个人趣味，因为洛兰和普桑大概是当时荷兰之外，最喜爱用风景来呈现自然环境理想之美的二位了。

柯罗建筑风景油画作品《教堂》

几个月后，米夏隆过世了。柯罗跟他父亲宣布"与商业离婚"，然后，他的旅行开始了。1825年，柯罗29岁，为他父母画了幅自画像，"如果你们想念我，就看看这个"，然后出发去了意大利，在那里待了四年。这四年间，他画了200幅小品画，150幅油画，同样在罗马学画的法国人瞠目结舌，觉得他是印刷机。他从小就爱远行的习惯帮助了他，没让他被肺炎和旅途疲惫所扰。他精力充沛地跟着其他学生画家旅行，夜宿咖啡馆，聊一晚上，第二天依然可以到处走。当所有人都聚在米兰和佛罗伦萨搜寻达·芬奇等大师的杰作时，柯罗却在意大利乡村游荡。很多年后，他会承认自己其实没从意大利文艺复兴的大师身上学到什么，"我最喜欢的是谁？嗯，达·芬奇！"虽然他的画风里没什么达·芬奇的影子。

他纯粹喜欢旅行和风景。他爱罗马的法赫内斯花园，一天里找三个不同的时段去画它。他尝试用不同距离与角度画同一事物，不知不觉间在旅行中精通了透视法。他通过自己的旅行懂得了如何给建筑物和山石增加光影细节。

没什么能够征服他。意大利南部的夏天无比酷热，但他披着衬衣也能出门，"阳光让我绝望……但也让我感受到画板的力量"。冬天罗马附近寒冷，他躲在画室里窥伺，一等放晴变暖，便出门继续画。他在旅行方面占了便宜：许多学画的年轻人都是在画室里长大的，只有他从小就习惯到处旅行。他懂得适应不同的气候，当然，他也有钱订购不同的旅行装备——这让他的法国同乡们不免羡慕嫉妒。

31岁时，他的画初次被法国官方的沙龙委员会接受，他的光影效果和户外风景获得了赞誉。而他自己结束了意大利之旅后，马不停蹄在全法国范围内溜达。他去诺曼底海岸，去鲁昂，依据当年米夏隆指点他的秘技，描述海岸风景。旅行之中，他还是不忘家庭，每次有机会回巴黎，便画全家福。父母不在乎钱，但是，"儿子成为名画家啦，大家都来看啊"的秉性却在。他给亲朋好友画像，然后特意画两份——一份算作作品，一份留给人家收藏用。于是在亲友圈里，这个脚不沾地到处旅游的年轻人，依然保有着"顾家好孩子"的名声。

33 岁，柯罗去到巴黎的巴比松，预备画枫丹白露森林。次年秋天，他又来了。35 岁的夏天，1831 年，他再次来到巴比松，他发现这里风光奇绝，适合作画。

也就在 1831 年夏天，他在这里遇到了康斯坦特 - 特瓦永。特瓦永小柯罗 14 岁。遇到柯罗时，他只有 21 岁，他的父亲做瓷器，于是他小小年纪就学会了给瓷器釉彩上色，习惯了在画室里闻到各类颜料的气息。他做这玩意直到 20 岁，然后跟他爹宣布："不做了！"——就像柯罗跟他父亲宣布："我跟商业离婚了！"

在长年累月做瓷器装饰的岁月里，特瓦永一直在偷偷攒私房钱。20岁，他出门时，算不上富翁，去不了罗马，但好歹能去巴比松村。他旅游，画风景画，找买主。啃干面包和咸肉，喝劣质葡萄酒。1831 年和柯罗相遇时，柯罗问过他如何生活，特瓦永平静地回答："有钱就旅行。没钱的话，跟当地的瓷器商交朋友，然后问他是否需要帮手。替他打工，挣足钱，继续上路。"

特瓦永的洒脱和不羁，颇让柯罗羡慕。虽然柯罗也抱着理想："我这辈子只有一个目标，风景画！"但他从来没有特瓦永这么决绝。38 岁，

柯罗油画风景作品《芝特的桥》

柯罗再次出发去意大利,这一次,还是得靠着父母的资助,而且还得经过他父亲的允许。实际上,直到 50 岁,柯罗还没什么自由:在不旅行时,他必须回家住;周五出门吃趟晚饭,得母亲批准。

所以柯罗酷爱旅行,某种程度上,是因旅行可以避开他的家庭——他酷爱又不免厌憎的家庭。评论家会发现他在画家庭肖像时紧凑端正,富有新古典主义气息;但在旅行中的风景画,则发散带有诗意。虽然他很少得到官方的认可,总是被批评"色彩过于苍白"、"有种天真的尴尬"、"和谐,但没有色彩",但后一辈人逐渐意识到了他的伟大。大诗人波德莱尔宣称他是"现代风景画家的开山大师",而柯罗没那么乖

柯罗风景作品《沙特尔大教堂》

张。1837年柯罗41岁,第一次试图画了张裸女像,然后,简直是羞羞答答的辩白似的,他对学生们说:"画裸体画,你们看,对风景画家而言,是最好的练习;如果一个画家不用任何花招,就能画好裸体人物造型,他就能完成好的风景画啦!"

1846年,柯罗和特瓦永同时迎来了人生的转折点。先是特瓦永,1846年,36岁的特瓦永终于攒足了钱去荷兰旅行,看到了保卢斯-波特的名画《年轻的公牛》,忽然间,他发现了自己的天分:"我画了那么多年风景画,却忽视了风景里的牛可以这么美!"他开始画牛,确切地说,在风景里掺和牛。一开始他不自信,但荣誉接踵而来。他的画五次被沙龙挑中,国家荣誉层出不穷,最后国家领袖拿破仑三世都来资助他。他成名了。终于可以不用去瓷器工厂打工便能到处游览了——全法国的牧场都愿意捐出牛来让他画。虽然大器晚成,但他好歹成了。

而柯罗,比他更大器晚成。同样是1846年,柯罗获得国家十字勋章。次年,浪漫主义雄狮德拉克洛瓦宣称"柯罗是个真正的艺术家"。他的画风也恰好在此时成熟,在漫长的旅行后,他发明了一种新技巧:用毛茸茸的笔触,制造树和风的关系。这让同时代的杜比尼等画家惊叹,让他的学生,如毕沙罗,觉得耳目一新。

那些年同在巴比松村作画的人物,这时都成名了:泰奥多尔-卢梭、于勒-杜普雷、弗朗索瓦-米勒,也包括特瓦永。这些人细微而诚恳地观察风景,对光线的变化效果至为关心,日夜不停地行走,上山下乡,涉水观田。在他们这群人里,柯罗就是一个"柯罗爸爸"。杜比尼说:"柯罗爸爸总是在玩笑之间给我们许多建议。"

柯罗从来没有那么旗帜鲜明、气势澎湃，所以他的成功与他的性格一样来得温和，但终究是来了。他寻找着风与树的平衡，对光线闪耀甚为敏感，而且试图自己调制一套颜色的方案，终于获得了"天空之王"的赞誉。

19世纪60年代初，新到巴黎的一批少年都以柯罗为偶像。他们中间包括诺曼底来的莫奈，包括英国来的西斯莱，包括想拜柯罗为师的毕沙罗。他们学习柯罗，在户外创作，投身于绘画，不断旅行，描绘自己所见之物。莫奈承认，"在那时节，柯罗是唯一的大师"。虽然这宏伟的声名在50岁之后才来到，但终究是来了。

但柯罗还是在旅行。他认为自己最好的画在60岁之后才画出，65岁之后更好；年过70，旅行有些困难了，他还是勉力想到处走走。他身体力行地催生了印象派的诞生，成为真正的最后一个古典风景画的大师和第一个现代风景画的大师——这在他开始旅行的岁月，简直难以想象。

少年成才而不幸夭亡的米夏隆，桀骜不驯然后在中年找到自己才华所在的特瓦永，以及花了一辈子用来旅行、坚持到最后的柯罗，在旅途中，他们遇见了彼此，然后不小心点燃了各自生命中的火光，然后补完了各自的人生。如柯罗自己晚年所说："我画的一切，都不如旅行时的一个瞬间动人。"你可以说他是半开玩笑，是自嘲，是晚年的谦虚，但归根结底，这就是一段旅途改变了历史的故事。

跑步
会让人变成
唯物主义者

开始想跑步,是2014年夏天回国的奔忙时节。缺觉,饮食油腻,见缝插针地在酒店的健身房里踩踩单车都觉得气喘吁吁,一个月下来,重了四公斤。跟朋友聊起来,他问我在巴黎时做何运动,我说偶尔去公园打打篮球,但终究不算规律。朋友说:"为什么不跑步呢?"

我上一次认真跑步,是读初三时,为了应付体育中考,每天在学校跑道,连跑带走,十圈。这样跑步,自然谈不到乐趣:煤渣跑道,环境千篇一律;树影模糊;考试的压力;时不时要躲避足球场上横空飞出的足球。最好的成绩,大概就是以三分二十秒跑完一公里,之后便放下了。在上海期间,我也跑过步,但我所住的地方,实在不能算是跑步天堂:便利店、麻辣烫店、拉面店、服装店、茶叶店、烧烤摊,路面不平,人流迂回,去跑步,简直像在练凌波微步。以至于有两年,我就在自家院里跳绳:每天跳三千个。不用问,比跑步还枯燥。嗯,对了,为什么不跑步呢?

2014年8月底回到巴黎，我开始跑步。没什么郑重的仪式：找了个黄昏，选了件平时穿来打篮球的T恤，穿了条运动短裤，一双短袜，运动鞋，握着手机，配上耳机，就出门跑了。第一公里还算顺当，到了家附近打篮球的公园；随后，各类问题出来了：小腿疼痛；呼吸急促；脚掌不舒服；由跑换走，慢慢挨了一段儿，觉得痛苦消弭，"好像又可以跑了"，再继续，跑了几步，痛苦又回来了。走走跑跑，大概用了二十五分钟结束了三公里，喘得话都说不出来。第二天起床，腿疼得抬不起来，上下楼梯，都须用手扶稳。耐心等了四天，腿脚好齐全了，继续跑。第二次跑了二十八分钟，接近四公里，然后歇了三天。如是者反复。到十月，差不多可以天天跑而腿脚不疼了。

现在想起来的经验，其实无非那几样：买好跑鞋；矫正到适合自己的跑姿和节奏；开始一星期不断提醒自己不要塌背低肩；脚弓外侧着地；做好拉伸；多练练膝盖，以及，不着急。习惯之后，就可以正经开始跑。

换了双按照脚打造的跑鞋，改了原先的路线，先前我总是沿着T线有轨电车跑。好处是市肆繁华，沿着T线还有草坪、树影和步道，偶尔有骑自行车锻炼的人从身旁掠过。改变路线后开始向塞纳河方向跑。我家跑到塞纳河国家图书馆，大约两公里，下坡道，不错的热身路线。沿着河，可以选择跑到贝西桥、奥斯特里茨站，甚至一直往前。沿着塞纳河，理论上，可以去巴黎核心区域的任何地方。

沿着有轨电车道跑，很是有趣：一来身旁的绿化甚好，二来有轨电车总有种慢悠悠的调子，配着"当啷当啷"的声音，有种如此跑下去，百年不变的感觉。

当然，终究还是沿着塞纳河跑好。沿着河，从一座桥跑到另一座桥。游船上隔桌对坐喝咖啡的情侣，有时会抬头看看我。沿着河跑久了，会觉得波光粼粼，把身体都照蓝了似的。沿着塞纳河跑步时，常有其他跑者相向从身旁擦肩而过。有身形健美、步履轻盈、一看就知道老于此道的跑者，看着让人心情愉快；也有呼哧喘气、体态庞大、挪起来很辛苦的胖大叔，跑一会儿就停下来，手扶灯柱拉伸。也有父亲带着两个孩子跑的；看着亲密无间，让人怀疑是同性恋伴侣的也不少。大家遇到，往往互相拿眼睛看看，就过去了。偶尔一起停在桥墩或栏杆旁，休息，喘息，压腿，彼此看看，互不说话。跑步的人心里大概都有这种无言的默契。当然，偶尔听到"Bon courage（加油）"之类时，心情还是挺愉快的。

我每天的里程从十月开始稳定下来，每天跑步时间三十三到三十九分钟，里程四公里半到六公里，随心情变动。也有一天花了五十三分钟跑了七公里，因为中间见贝西桥旁有法国小伙子在涂鸦，待着看了一会儿。有时心情好起来，会多绕一个弯，去贝西公园，穿过树林，绕过据说是萨特和波伏娃当初约会的长椅。但大体而言，还是在河边跑；每次下坡跑着，看到河面出现在地平线上，总有种豁然开朗之感。跑惯了之后，身体像一辆自动行驶的汽车。在开始时需要注意一下跑姿，控制一下呼吸，进入节奏后，就可以放任自流地去了。注意力就可以转到所听的音乐和鸽子、树、河水、河边的情侣、船、桥、涂鸦以及随着冬天的来到暗得越来越早的巴黎天空。大概每次跑步，这种"无人驾驶，自动航行"的状态，就是最美妙的、让人欲罢不能的、每到黄昏就自动去找跑鞋的诱惑体验了。

跑步很容易让人上瘾。我乍开始跑，还有些"让身体健康些"的心思，但连续跑了半个月后，已经变成了"我要尽量保持身体健康，好继续跑步"。会更谨慎地在跑前做热身，跑后做拉伸，以免膝盖不舒服；当然，说是如此，也没那么琐碎。冬天的下午，做四组俯卧撑和六组仰卧起坐后，觉得身上发热，拉了一下腿，看看天色，"天气不错，就出去跑吧"。

因为并不追求成绩，所以有段时间，带着以下情绪："平时来不及听的音乐，就趁跑步听掉吧……只是听音乐时顺便跑跑步。"如果有了自己的慢跑节奏后，很意外地发觉，古典乐比摇滚耐听得多。激烈燃烧的音乐多少有些燎耳朵，而如《鳟鱼》或《波莱罗舞曲》这样的，可以让你慢悠悠一直跑下去。巴赫的《D大调双小提琴协奏曲》第二乐章就很适合跑步，听着听着，觉得在阳光下一直向远方无尽跑去似的。当然也有其他风格，比如，在我面对夕阳，跑完一整套交响乐长度的时候，听着门德尔松的《苏格兰交响曲》辉煌灿烂的结尾，仿佛面对着"我们知道你的辛苦，我们来迎接你了"的宽慰。当然不只是乐曲，比如，刘宝瑞先生的单口，也很适合跑步听：圆润结实，包袱不碎，绵长温和，听着《斗法》，可以不知不觉跑完八公里。我也尝试过跑步时听完少马爷一段《报菜名》，回家食欲大涨。因为跑步，对城市多了新的了解，有时简直觉得是刚认识这个城市似的。发现新的跑步路线、新的好建筑或桥梁时，会有种捡到宝的喜悦。收集新的跑步路线和新的适合跑步时听的乐曲，就像松鼠囤积过冬粮食似的。

2014年12月1日，细雨，黄昏，我沿着塞纳河跑到了巴黎圣母院，

奥地利作曲家舒伯特(Schubert, 1797—1828)在他短短的一生中，曾经创作完成了许多室内乐作品。《鳟鱼》五重奏(OP.114号)，旋律优美，充满朗亮丽的光泽，洋溢着生命的无限活力，令聆听者难以忘怀，是他所有的室内乐作品中最著名、最受人喜爱的一首作品。

门德尔松(Mendelssohn, 1809—1847)，德国作曲家，"抒情风景画大师"，作品以精美、优雅、华丽著称。《苏格兰交响曲》创作灵感于1829年5月首赴英伦之时在丁堡霍里路德古堡遗迹诞生。这首交响曲称为"阴郁的，流动的行板—稍激动的快板—非常活泼的—返回最初的行板"，如同铺天盖地的冰冷雨水在荒芜景象所生出的神秘情调。

巴赫（Bach，1685—1750），巴洛克时期的德国作曲家，被尊称为"西方近代音乐之父"。《D大调双小提琴协奏曲》（Concerto in D minor, for two violins and piano）由两把小提琴和一架钢琴演奏。第一乐章是活泼的，充满生命力的快板，第二乐章转变为徐缓、从容的慢板，第三乐章回到活泼的快板，华丽欢快而不失平和。

拉威尔（Maurice Ravel, 1875—1937）著名的法国作曲家，印象派作曲家的最杰出代表之一。拉威尔喜爱喷射出五彩缤纷、光彩夺目的人造烟火，喜爱富于诗意的洪亮的声响。拉威尔《波莱罗舞曲》创作于1928年，是他最后的一部舞曲作品。"这是一首慢速度舞曲，它的旋律、和声与节奏始终如一，且用小鼓节奏接连不断地给以强调。一个核心因素的多样变化促成了管弦乐队的渐强。"

然后转身返回。因为是沿河跑,绕了极大的弯路,来回差不多十公里,跑了一小时出头,中间自然无数次懊悔:应该带点儿硬币出来,好坐车回去的;跑出来时爽吧,回去时这个辛苦啊!偶尔还能感受到动人的善意。比如说,我每次沿托尔比亚克路跑往塞纳河时,总会有一段一公里的坡道。去时顺坡而下,快活至极,回程时才知道因果报应,下坡一时爽,上坡没有好下场。每次上坡,如驴拉车,咬牙切齿捏着小碎步慢慢蹭,唯恐坏了膝盖。某天正在独自上坡跑,身边经过了一辆电动轮椅。轮椅上的大叔超过我之后,看看我气喘吁吁,便减速,和我并排,默默地跟着我。上了坡,我喘过气来,对大叔点点头;大叔对我说一声"Bon courage",便拐弯走了。

连跑了三个月后,天黑得越来越早,气候也冷了。十月份和十一月份各跑了一百公里出头,十二月份跑了八十八公里。每周基本休一天到两天,除了中间脚背筋痛过三天外,倒也没事。中间毫无忌口的我(我这种馋人怎么肯少吃呢?)体重比八月份少了十二公斤。行动起来不那么容易累了。许多细节,自己感受到了:比如从当初跑二十五分钟就气喘如牛到现在可以稳稳一小时跑完十公里。比如睡了七小时会自然醒。比如拖延症基本没了,注意力集中了。比如得买新衣服。然而真正的变化,是很细微的主观感受。除却跑步过程本身的乐趣之外,一个很让我动心的效果是,只要我还在持续跑步,人就仿佛能处于一种通明澄澈的状态里。十二月底,感冒加上考试,有四天没跑,我觉得身周口鼻都要淤塞起来,仿佛有人在我身上糊上了蜡,将要凝结似的,懒得动弹,焦躁,易怒,睡不好。于是穿上速干衣和跑鞋,零上二摄氏度的天气,出去跑了五公里——一开始有些冷，尤其是手腕，一公里之后便没事了——然后回家，一个热水澡后，觉得经脉贯通，呼吸匀了，所见所闻，都比先前明晰得多，就像雨刷器把雨中的车前窗给擦干净了似的。

跑久了之后，很容易对自己的身体有数。比如，同样舒舒服服地跑一公里，昨天是五分四十秒，今天就是六分钟，那今天的身体状况是不是有些问题？同样是跑得心率上一百四十了，昨天是一口气五分四十五秒的配速跑了两公里，今天是五分五十秒的配速跑了一公里，今天是不是有问题？

导致"跑不动"的原因有很多：前一天没睡好；前一天摄入酒精过度；起步太急了没跟对配速。诸如此类，自己跑的时候，都注意得到。不运动的时候，我会相信心情决定一切，心情抑郁了，一下午都不动弹，容易累。跑惯了之后，会第一时间思考：是不是身体缺水？是不是坐姿不对导致的疲劳？是不是疲劳反过来影响了心情？跑步会让人成为一个唯物主义者。跑惯了，很容易就明白，所谓意志是何等薄弱，多容易受身体状况的摆布。情绪是受身体左右的，没那么复杂。

跑久了之后，许多习惯会变化，比如，会喜欢吃鱼与水果，喜欢吃新鲜食材，对浓甜调味料的爱会下降一些，以前爱喝的碳酸饮料，这时会觉得有些过度刺激，饮食上自然而然就清淡些了。当然，这并不意味着会变成一个节食主义者，相反，跑步大概让我敢吃了。没跑步前，看着一块牛肉，会心头暗想：我吃了这块，会不会饱到犯困，会不会发胖到影响精神……现在则无所谓了：看到一块牛排，心里会很有把握地把它量化成跑步里程，"没关系，吃吧，明天多跑一公里就好"。跑惯步的人，懂得彼此观察跑姿。新手跑步，大多步履偏重，还没找到习惯的节奏和配速，跑到后程，跑姿会微垮；年轻健壮的熟练跑者，动作轻快有弹性，节奏匀称得让人心动；老练的上年纪跑者，动作干练，幅度不大，沉稳得不动声色；被医生叮嘱要出来跑的诸位，被重心带出大步幅来，且跑且喘；健身型跑者，步幅大，步步带弹力，双臂的幅度俨然宣告"我就是精力旺盛，没什么好收力的"；保持身体健康型的跑者穿着素朴的运动装，一望而知是"我已经用七分钟配速跑了五公里"般的坚定。到后来，甚至你在夏日街道上，看见谁走过，从他或她的小腿或步履上，都能看出对方是不是个跑步的——这种东西，可意会不可言传，是跑者们自己的一点心理秘密。

　　人都是从经验里学习的，所以自然有许多模模糊糊的印象；跑步这个事儿，让我更加深了一个想法：我们的意志，许多时候很脆弱，只是听任身体激素摆布而已，所以，身体好与坏，影响是看得见的。此外，世上的事，分为我们可控与不可控的；尽人事，听天命，是比较好的选择。而跑步（与其他运动），大概是除了阅读之外，最适合"尽人事"的事儿；其他的一切都可能欺骗你，但你跑的步和读的书，总不会亏负你的。

冬日的酒庄

2015年5月的一个数据：中国大陆2014年消费的葡萄酒中，96.8%是无泡葡萄酒；其他加料酒1.8%，起泡酒1.0%，香槟0.4%。2014年，法国人喝的葡萄酒类产品里，65.1%是无泡葡萄酒，18.5%是香槟，14.3%是起泡酒，2.1%是加料酒。法国人喝的，比中国人要杂。

那位会说了：欧洲人喝酒，不该更纯粹么？嫌酒不顺口，加些乱七八糟的，不是不会喝酒的人才办的吗？然而稍微懂点酒的都知道：欧洲人喝加强酒，比如波特、雪莉、马德拉，又或者是贵腐酒，那味道可称五彩缤纷；西班牙的桑格利亚（sangria）是葡萄酒加白兰地加水果切片和蜂蜜；法国冬天的热红酒是红酒加糖，不一而足。形形色色，变着法子喝酒，才是正常的。作为葡萄酒王国的法国，反而并不专心于葡萄酒。

那位说了：欧洲人不都是很有仪式感地喝那些纯粹的、浓厚的、不甜的、干的葡萄酒吗？并非如此。世界葡萄酒产量最大的国家，不是法国，而是意大利。意大利葡萄酒自然有其长处：口感华丽，浓艳醇厚，有劲

道，配番茄酱加橄榄油加奶酪为主的意大利菜，鲜花着锦。但比法国差的，也在这一点：意大利酒太典型了。说意大利人喝酒风格比较单一，倒差不多。而法国的葡萄酒，妙就妙在多样。

勃艮第地区自以为法国酒的王后。酸味清爽，果味优雅，适合配春天的海鲜。阿尔萨斯产区或居朗松产区或甜或不甜的白葡萄酒，都适合过夏天。波尔多产区醇厚香浓的风格，适合秋天与冬天——这是一般人的共识。

即便是同一个产区，风格都有变化。比如，波尔多右岸多黏土地，多产梅洛（Merlot），味道多细腻优雅。左岸多砂石地，多产赤霞珠（Cabernet Sauvignon），味道多沉厚，耐久藏，又有名动天下的五大酒庄。即便是名酒庄里，风格也有区别。奥比昂的酒，沉静但味道华丽，胡椒味，无花果味，甚至有点雪茄苦甜交加的余味：酒性有阳光微微的刺辣感，但柔又沉地收住了，仿佛黄昏夕阳西下，恰好收住光芒的瞬间。木桐的酒却是收束平衡，舒展得益,所以入口的酒,仿佛一整块巧克力色的丝绒,敦厚地落在口中;须臾,味道散发,犹如滤镜下的阳光,五彩流动。龙博菲酒庄的酿酒师是位姑娘,所以柔和,果味流溢,味道细密轻柔,如见彩虹;妙的是前面味道厚润,到最后会有清香的酸味一扬。

您会问了:哪一种酒是终极王道呢?并没有。打个比方:好的鱼,用来蒸到不见血,略加一点豉油就好,鲜!但如果用来红烧,也没问题,只要吃的人乐意。换个比方:好的松茸,用五花肉烤出来的油衬底略烤,下薄盐最好,鲜!但如果用来蒸蛋,也没问题,只要吃的人乐意。酒,同理。

都说食品与酒,有一套金科玉律要安排,应该完美搭调;然而恰是在法国,越来越多的"传统酒食配方"在被美食家推翻。以前被奉为圭臬的波尔多红酒配牛肉、沙布利白酒配牡蛎,近世有许多食家觉得不对。波尔多馆子的老板直言,强劲的波尔多红酒,配羊肉可能更好些;沙布利白酒,普通级别的酒适合配牡蛎,高级的则味道过深,反致酸味,带出腥气,也不太妙。至于所谓"葡萄酒不能喝甜的",那也是想得左了。稍微懂点酒的都知道:加强酒,比如波特、雪莉、马德拉,又或者是贵腐酒,那就是甜的。酒的甘与甜,那是私人口味,并没有高低之分。喜欢波尔多酒的老酒鬼,许多会喜欢赤霞珠(Cabernet Sauvignon)那种结构的酒,还会有人嫌梅洛(Merlot)掺多的酒太甜太顺——但那是老酒鬼们的口味。老酒鬼着意的,很多是酒的结构与潜力,也有些人是喝多了,口味变重了。绝大多数的好酒,到最后判断的标准,依然得是:平衡,顺口。酒到最后,毕竟是让人喝的。如果味道气味不让人愉悦,再有年份,结构再好,再有潜力,都不能算好酒。所以当世上有些地方,对葡萄酒毕恭毕敬时,法国人对葡萄酒的态度,反而日益宽泛了:喝得越多,大概越明白,一切成形的仪式与规矩,都可能过时;酒到最后,是服务于味道的,是让人喝的。

波尔多到了冬天,便有沿海城市的风神。晴朗时静谧,蓝天如玻璃;隔一天,便可能海边河上,白露为霜。葡萄园主说,不怕,怕的是倒春寒和秋天乍寒;开年时冻一冻,有益无害。法国葡萄酒产区如云,但波尔多与勃艮第常自争强夸胜。大家都说波尔多是王,勃艮第是后,然而这对王与后床头打架床尾也不和。波尔多某酒庄主带我溜达时,带着温暖的微笑,轻扬眉毛感叹:2016年勃艮第天候不好啊,产量要减啦……

葡萄酒与其他大多数农业类似,风险挺高。天候、风土、降雨,差一点便会出事。波尔多右岸地区的诸位,说起来便带豪气。波尔多左岸多砂石地,多产赤霞珠(Cabernet Sauvignon),味道多沉厚,耐久藏,又有名动天下的五大酒庄;右岸多黏土地,多产梅洛(Merlot),味道多细腻,分散的小庄主多。我去右岸,几位小庄主用老法国农民那种雍容华贵包裹过的骄傲语气——仿佛奶油海胆冻厚润味道最后的一点腥味——说道:"他们那都是商业制作,他们什么都懂!我们是在地里种葡萄的,不懂别的,只懂种葡萄和酿酒!""酒嘛,好不好,喝了才知道!"

去酒庄,先去了奥比昂酒庄。管事的请我们看他们那开创历史的不锈钢酒桶,请我们喝2011年的酒。是好酒。沉静但味道华丽,胡椒味,无花果味,甚至有点雪茄苦甜交加的余味;酒性有阳光微微的刺辣感,但柔又沉地收住了,仿佛黄昏雾霭。一位负责确认桶硫化状态的老师傅走过,朝我们笑了笑,做了个干杯的手势。

去木桐酒庄。管事的那位端庄自持,带着走了一圈葡萄酒博物馆

——好大的一个迷宫。据说全走完，怕要两个半小时。走过了一遭，照例请喝酒。木桐的这位姑娘，给我倒了 2007 年的木桐酒。还是香草缤纷味：黑醋栗、无花果、香草。我已预备，准备着被华丽的口感灼一下。并没有。2007 年的酒，已经收束得很好了，很平衡，一般酒习惯的见面礼式单宁味很内敛，舒展得益，所以入口的酒，仿佛一整块巧克力色的丝绒，敦厚地落在口中；须臾，味道散发，犹如滤镜下的阳光，五彩流动。我说，好酒。木桐的姑娘唇带浅笑，问我们可去了其他酒庄了？嗯？奥比昂的 2011 年？姑娘唇边的浅笑加深了大概 5 度，就像女孩子用刀叉切鹅肝时听见你说到前女友似的，轻轻拈着自己那杯 2007 年的木桐，悠悠然道："2011 年的酒，现在喝，还稍微年轻一点吧。"

　　龙博菲酒庄，管事的姑娘是个中国人。给我们讲土地划分——哪些地方该种赤霞珠（Cabernet Sauvignon），哪些地方该种 Merlot，哪些地方该种品丽珠（Cabernet Franc）；讲榨汁的心得，桶的时限，几年桶的味道，热情流溢。谈吐捷才，口若悬河，热情洋溢得仿佛要从身上扑出来。龙博菲所在的水土，20 厘米左右的沙土，下面到 70 厘米左右黏土为主；再下面 20 厘米淤泥……水土特异啊。啊，你们是木桐那里来的？好呀好呀，我前段还去过呢，看他们打鸡蛋！——这是个葡萄酒术语了。为了过滤残渣，许多普通酒庄是用鱼胶，图便宜；木桐这类神级酒庄，财大气粗，心高气傲，动辄打几千个鸡蛋的蛋白来滤酒，害得庄里工作人员天天吃鸡蛋。

　　请喝酒。圣朱利安地区头牌的酒，诚然是好。我对姑娘实话实说：没有木桐酒那么厚重上大雅之堂，但柔和，果味流溢，味道细密轻柔，如见彩虹；妙的是前面味道厚润，到最后会有清香的酸味一扬——很女性化

> 回程车上，路过传奇的拉菲酒庄，没什么人，酒庄不开，只好看看而已。酒庄右边，一带长长的土坡。懂行的朋友指给我看，说：好土坡，不会积水，表层砂石又多得恰到好处，可以保温。真是得天独厚，一块好地方！我极目看去，除了一片绿绿灰灰，什么都没看出来。

的酒。姑娘得意了，说正是。她们家的酿酒师就是位姑娘，就乐意酿些不那么波尔多不那么大男子气的酒。"葡萄酒嘛，说简单也简单，说复杂也复杂，一直琢磨下去，就没边了。"还真是。

　　回程车上，路过传奇的拉菲酒庄。冬日的拉菲，没什么人，酒庄不开，只好看看而已。酒庄右边，一带长长的土坡。懂行的朋友指给我看，说：好土坡，不会积水，表层砂石又多得恰到好处，可以保温。真是得天独厚，一块好地方！我极目看去，除了一片绿绿灰灰，什么都没看出来。但这么一天下来，多少懂得了，也敬畏了。葡萄酒嘛，说简单也简单，说复杂也复杂，一直琢磨下去，就没边了。

　　庖丁可以目无全牛。懂战术的人可以一张地图分析出战局。同理，在老葡萄酒农的眼里，看到好阳光天气，看到天上的云，看到某片坡度、砂石结构的地，大概已经能想象到几年之后，酒开瓶时的味道了吧？大概也因为有这样的人，才有这样的酒——世上确实有些酒，喝到之前，你并不知道：酒是可以这么好的。一山还有一山高。

雷诺阿：裸女画与人生最快乐的时光

皮埃尔-奥古斯特-雷诺阿生于1841年，七兄弟里排老六。老爸是个裁缝。3岁上，跟随家人从利摩日搬来巴黎。13岁，他就学会花里胡哨给人弄装饰，趁晚上去上课，学习素描和装饰艺术。17岁那年，为了谋生，他已经开始为武器雕刻纹章、给扇子上色。因为做惯装饰，他对色彩极为敏感，而且因为少年时就得完成枯燥工作，他很会为自己找乐子。雷诺阿有一句话，若干个传记作者都提到过，大意是："如果画一个东西不能给我乐子，我画来干吗呢？"

19世纪60年代初，雷诺阿和莫奈在巴黎认识。两个穷孩子，都没上过正经学，专门忤逆老师，一见如故，臭味相投。加上另一个和雷诺阿同年、学医不成、三年前才开始学素描的巴齐耶，加上时不时来上上课的、大莫奈一岁的英国人西斯莱，这四个家伙聊艺术，赞美柯罗和库尔贝，结

年轻的女孩和雏菊(*Young Girl with Daisies*) | 1824 | 雷诺阿

伴去画廊溜达，尤其研究风景画。那会儿他们穷，于是雷诺阿常从家里带出面包来，给这些穷困青年共享。1866—1970 这些年，盖尔布瓦咖啡馆里，这四个年轻人一边分享雷诺阿的面包，一边谈论冬日阳光与夏季阳光的区别，雪在夕阳下泛出的橙色与蓝色，对学院派，尤其是安格尔和拉斐尔，大放厥词。这个时期，雷诺阿和莫奈经常并肩画风景，他也画莫奈工作时的场景。1875 年 3 月，莫奈、雷诺阿、西斯莱、莫里索们联手开了个拍卖会，共 73 幅作品，结果惨遭重创，其中有 10 件作品甚至卖不到一百法郎——雪上加霜的是，雷诺阿的父亲前一年还去世了。

那时节，评论家很讨厌雷诺阿的画风：他不喜欢学院派一切根植于素描的做法，坚持不肯勾线。他爱画胖乎乎的裸女，用细笔触与颜色描绘阳光下的烂漫颜色，但评论家几乎众口一词："雷诺阿所画的裸女，绿色斑点和腐烂的紫色，跟一具尸体似的！""没透视，没素描，颜色被劈得粉碎！他在干吗！"

一年后，1876 年，雷诺阿完成了印象派史上，也是近代艺术史上，最著名的作品之一《煎饼磨坊的舞会》。这幅乐观动人的画描述了欢乐的人群和节日的美丽，而最核心的部分则是：阳光落在回旋的人群身上时，节日服装的鲜艳色彩如何悦目混合。近景的人物脸上光线斑驳；而越往远处去，形象就越来越隐没在阳光与空气之中。他还是不爱勾轮廓，喜欢画欢快丰腴的人群。阳光与肌肤都光彩熠熠，仿佛要融化一般。35 岁了，他还是跟一个孩子似的爱热闹。这幅画至今是奥赛博物馆的当家宝。

1879 年，雷诺阿时来运转，他的《夏潘帝雅夫人和她的孩子们》，在沙龙中终于获得成功，而且他遇见了贵人：外交家兼银行家保罗-伯纳德对他甚有好感，常拉他去自家海边别墅做客。两年后的1881年，雷诺阿去了阿尔及利亚，又去意大利访问，遍访威尼斯、佛罗伦萨、罗马、那不勒斯、庞贝等地，加上结了婚，他的心情开始变了。

1882年，雷诺阿去为史上最伟大的歌剧作者瓦格纳画了像，开始出入上流社会。与此同时，终于见识过拉斐尔的真迹后，雷诺阿承认自己错了，在他年过不惑的时候。

当直接描绘自然的时候，印象派作者往往只看到光的效果，而不再去考虑画面结构，很容易就此千篇一律。如是，雷诺阿开始改变他大肆挥洒的笔法。作画上色前，他会用墨水仔细描绘细部，把颤动的形体约束在轮廓中——以前不画轮廓只画光影的他，现在肯画轮廓了。

批评家们当然也没给好脸："他以前画裸女的肉像要腐烂了，现在画了轮廓，却显得更色情更肉欲了。"

50岁之后，雷诺阿继续改变。早年他喜欢厚涂层颜色、华丽肉感，50岁后他喜欢上了薄涂层、细腻明丽的风格。自己画得开心就好了，管别人呢。他并不忌讳自己的改变。后来，他将1883年至1887年这一段，称为自己的"安格尔时代"。这意思是，雷诺阿与自己曾经对抗过的前辈们讲和了。

雷诺阿，晚年风格多变。功成名就之后的雷诺阿，画作已经开始被国家收购的雷诺阿，对他的女儿说自己二十啷当岁的年少时节，姿态一如他终身秉持的乐乐呵呵。进入20世纪后，他的右手因为许多原因——过劳，对颜料过敏，疾病——移动起来很困难了。他需要有助手将画笔放到他手中，固定好，然后动笔。但不妨碍他在晚年画出《浴女》：颜色变淡，笔触变细，轮廓线又消失了。

《大浴女》(Les Grandes Baigneuses)是雷诺阿在1887年完成的作品,现藏于费城艺术博物馆。近景三个浴女容光焕发,丰腴的的身体荡漾着一种青春风韵,又显得健康成熟。玫瑰色的肤色显示了少女的壮实和健美,极细腻的笔触绘制出女性丰满柔嫩的皮肤表面,塑造了她们那富有弹性、充满活力的肉体,赋予她们青春美和生命的欢乐。

《浴女》(Bathers)是雷诺阿非常晚期的作品,颜色变淡,笔触变细,轮廓线又消失了。年迈时,画家的右手因为许多原因——过劳,对颜料过敏,疾病——移动起来很困难了。他需要有助手将画笔放到他手中,固定好,然后动笔。

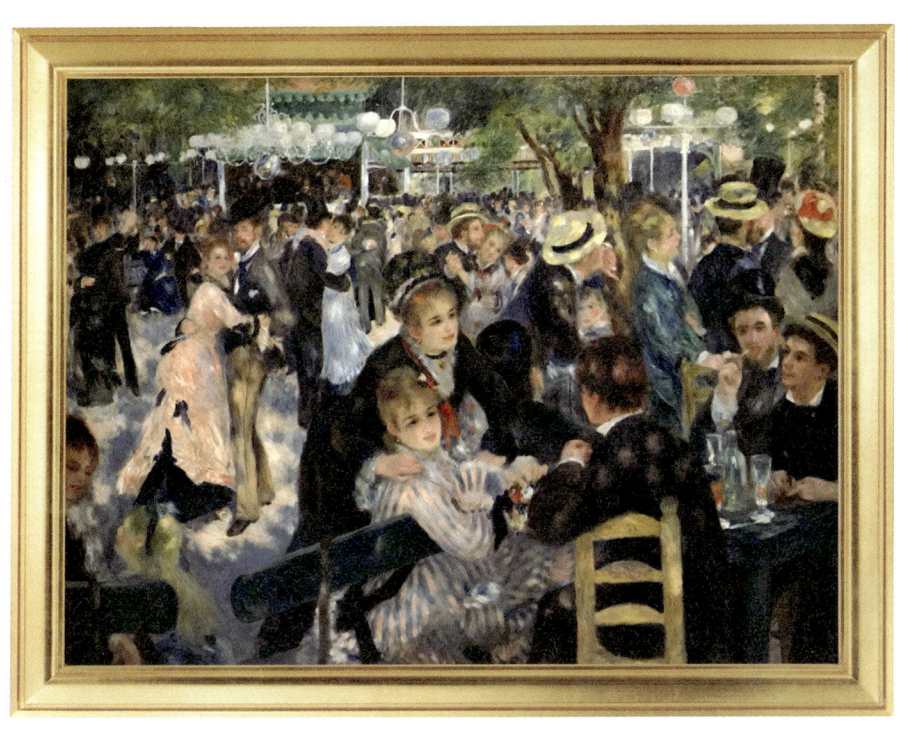

《煎饼磨坊的舞会》(Dance in the Moulin de la Galette),雷诺阿于1876年创作完成,现收藏于巴黎奥赛博物馆。作品描绘巴黎的一个露天舞会。

皮埃尔·奥古斯特·雷诺阿(Pierre-Auguste Renoir, 1841—1919)的《自画像》(Self-Portrait)。雷诺阿是法国印象派重要画家。此画作绘于1899年,是其晚年时期的作品。

在 78 岁时，他去卢浮宫，亲眼看见自己的画，跟前辈们的巨作挂在一起。那时他与莫奈，都已经是活的传奇了。他的风格变了许多次，但他并不认为某个时期的画就比某个时期的画高贵。他到老都不相信画的价值有高下。用他的原话："世界上只有一个地方会企图把画明码标价：拍卖行。"

　　他并不觉今是而昨非。老了，明白了，改变了，但他也并不为年少时的姿态后悔。即便到老，雷诺阿依然热爱说他与莫奈年少轻狂时的传奇。他说，少年时的莫奈，打扮很是布尔乔亚情调；虽然穷困，却打扮得像花花公子。"他兜里一毛钱都没有，却要穿花边袖子,装金纽扣！"在他们穷困期，这衣裳帮了大忙。那时学生吃得差。雷诺阿和莫奈每日吃两样东西度日：四季豆和扁豆。幸而莫奈穿得阔气，能够跟朋友们骗些饭局。他说，年少时啊，每次听说朋友们有饭局，莫奈和雷诺阿两人就窜到人家家里去，疯狂地吃火鸡，往肚子里浇香贝坦红葡萄酒，把别人家存粮吃罢，才兴高采烈地离去。"那是我人生里最快乐的时光！"

　　所谓成熟，大概就是：并不忌讳改变，不忌讳说自己错了，但也并不因为如今的自己成了大师，就文过饰非，遮掩曾经的年少轻狂。发生的已经发生了，开心的就是开心的。

去巴黎

公元451年，号称"上帝之鞭"、祸害欧洲、杀人如麻的匈奴王阿提拉，不知道两年之后，他老人家就要死在洞房花烛夜，只顾引着大军，满欧洲开拓牧场。他老人家军分三路，通过比利时高卢，中军急奔帕里斯欧罗姆，也就是今天的巴黎。一路烧杀奸掠，兰斯、梅斯、康布雷、特雷弗这些城市，所过之处皆成废墟。那时巴黎不过是个小镇，窝在塞纳河中岛上。一般岛民，哪敌得匈奴铮铮铁蹄？当是时也，巴黎正有个南特出生的姑娘，父亲是法兰克人，母亲是高卢和罗马混血。看巴黎人一片惊呼，打算弃巴黎而去，姑娘号召大家："别慌！相信上帝！祈祷去！"男人们逃命要紧，看她可恨，打算拿石头砸死她算了；女人们心软又虔诚，于是随她前去。这场马拉松式的祈祷，不知怎么感动了不信上帝的匈奴人：压境大军对巴黎忽然失去兴趣，一转身奔奥尔良去了。

十三年后，464年，刚登基三年的苏瓦松王希尔佩里克一世来围巴黎。又是这姑娘，口颂上帝，坐船穿越警卫线，去到特鲁瓦，给巴黎带回了麦子。然后她又亲见了希尔佩里克一世，跟他聊犯人的福利问题。两番救下巴黎后，她的传说日益宽广，从此声名传世：唤作圣热内维埃夫，巴黎的守护女神。

19世纪的巴黎圣母院

这就是公元 5 世纪巴黎的故事：岛上的小镇，被农女守护的传奇。去西罗马帝国覆灭不远，但依然不过是个与匈奴人擦肩而过的小所在。当阿提拉马鞭挥起，吼一声"去巴黎"时（当然，这地方那时还不叫巴黎），所垂涎的，也不过就是些饮食器物、男女奴隶。还是这个姑娘：公元 502 年她逝世后，被葬在使徒教堂。18 世纪，这教堂被大规模翻修，开始安葬其他伟人，顶上还特意写着"祖国感谢伟人"（Aux Grands Homme La Patrie Reconnaissante）——如你所知，那就是伏尔泰、雨果、卢梭们埋骨的先贤祠。只是细想来，伟大的圣热内维埃夫，实在是诸位伟人的开山立派祖奶奶呢。现在，你从卢森堡公园出来，抬头一望，一片上坡，那个巍峨高耸的建筑，最初就是为她而存在的。1360 年春天，黑太子爱德华——十四年前帮助英国赢下扬威天下的克雷西战役，四年前指挥了普瓦捷战役，俘虏了法王约翰二世的英国军神——引大军直逼巴黎城下。他知道巴黎的价值，知道这地方在公元 508 年是墨洛温王朝的首都，并且有了木板草就的宫殿；在 987 年成为西法兰克王国的首都，在 11 世纪有了城市、公共喷泉、城墙和卢浮宫，到 1348 年这里的人口足有 20 万，在欧洲首屈一指。他也知道只要占领这里，法国这片土地就几乎被他控制了。1429 年，伟大的圣女贞德与黑太子的概念异曲同工：她渴望去到巴黎，完成上帝交托给她的使命。1429 年 7 月 18 日，她帮助查理七世在兰斯举行了加冕礼，成为法国国王，之后就要求"在圣母院教堂敲起胜利的钟声"，因为那才意味着法国打赢百年战争，彻底把英国人赶出欧洲大陆。虽然她在次年就被俘牺牲，但 1436 年，查理七世夺回了巴黎；1453 年，百年战争结束，法国人保住了他们的国家，以及巴黎。

这就是 15 世纪的巴黎：虽然 1528 年之前，法国的权力中心依然在卢瓦河流域，但巴黎已经是法国的灵魂。黑太子相信，去巴黎就能夺取法国人的魂魄；贞德相信，夺回巴黎就能宣扬法国人的胜利。巴黎还不是法国的大脑，但已是法国的心，塞纳河水就是法国流淌的血液。圣母院的钟声对巴黎人意味着一切。

在大仲马的小说里，1625 年 4 月首个星期一是个神奇的日子。这一天，伟大的、年轻的、莽撞的加斯科尼人达达尼昂，来到了默恩镇，并就此拉开了《三剑客》《二十年后》和《布拉日隆子爵》这史诗三部曲、长达 48 年的故事序幕。在巴黎，他将遇到名传天下的三个火枪手：阿多斯，匿名而来从军的拉费尔伯爵；波托斯，神力无敌的豪杰；阿拉密斯，风流倜傥、身兼教士、火枪手、完美情人的贵妇杀手。加上达达尼昂，他们四人流转于路易十三、路易十四、安娜 - 奥地利王后、伟大的红衣主教黎塞留、查理一世之间。那是个英王查理一世被砍下首级、华伦斯坦在欧洲兴风作浪、瑞典名王古斯塔夫身先士卒战死疆场的世纪，而 17 世纪的巴黎就有这么多传说：英雄豪杰、名人逸士奔向巴黎，是为了投效路易王，投效 1635 年红衣主教黎塞留建立的法兰西学院，或者当个火枪手、军人，为法国开疆拓土。那是火器已被发明但尚未普及、血气之勇和剑术犹能使逞威风的时代，是骑士们还能报效君王、博得美人垂青的最后一个世纪。而巴黎就是这最后的风流繁盛所在，在这个世纪末尾，凡尔赛宫云集了蒸汽时代到来前，最后的华丽与奢靡，担当了 107 年的宫廷——直到 1789 年。

1789 年 7 月 14 日，巴士底被攻陷。此后五年时光，巴黎布满了革命、热血、大声抗辩、雷霆般的巨人、党派和断头台。数以万计的人被拘禁、审问或杀死，君王和王后被处刑，前一天签署斩首刑的人第二天可能自己上刑场。马拉被刺死在浴室，被大卫画成了雅典圣贤的模样。然后是拿破仑和他大鹰般的军帽，是法国和全欧洲的漫长战争，是旺多姆广场记功柱顶，拿破仑身着罗马式袍子的雕像。1815年，这一浪潮暂时平息，然后是1830年的七月革命，德拉克罗瓦描绘出了《自由引导人民》。也就在这一年，维克多-雨果的《欧那尼》上演，成为历史上最经典的制服大决战：保守派们订了包厢却不去，到了场也背朝舞台坐着，表示"我不稀罕看！"；浪漫主义者们——包括大仲马、拉马丁、梅里美、巴尔扎克、乔治·桑、肖邦、李斯特、德拉克罗瓦这些现在满教科书乱窜、让学生们背得头疼的大神们，则卫护在舞台周围，声嘶力竭为雨果——他们的浪漫主义领袖，拼死叫好。1789—1830年，塞纳河水静静地看着革命的浪潮、青年的热血、天才的创意、希腊与罗马式的复古幻想裹挟着血与火焰，在天空飞腾。

但对平民来说，这是另一个时代。巴尔扎克的《高老头》里，1819年的巴黎，南方来的大学生拉斯蒂涅，带着父母砸下的、妹妹们省下的学费，去到巴黎，身处老面粉商、吃遗产的老太太们身边，目睹上流社会灯红酒绿的舞会和奸情，只能心头艳羡。当他最后一点青春良知随高老头死去而泯灭后，他在高处看着巴黎的万家灯火，看着旺多姆广场那边的上流社会区域，"恨不得把其中甘蜜一口吸尽"，然后他气概非凡地说："现在，咱们俩来一对一吧！"

——这是19世纪初的巴黎。大学生们满怀野心，想打入这里的社交圈子，成为亿万富翁；大师们满怀着理想和主义，想开拓新的时代。而

《马拉之死》是大卫的一幅油画肖像画。让·保罗·马拉（Jean Paul Marat, 1743—1793）是法国雅各宾派的核心领导人之一，一个残忍嗜血的活动家。他患有严重的皮肤病，每天只有泡在洒过药水的浴缸中才能缓解痛苦，于是浴室就成了他的办公场所。1793年7月11日，25岁的来自法国诺曼底的夏洛特·柯黛女士进入马拉的浴室行刺。在同样是革命分子的大卫心中，马拉不是怪物，而是圣人。大卫变成了恐怖政权的帮凶，他美化了残暴的马拉——画中的马拉看起来是一名善良、诚实的美男子，他皮肤冰凉、光滑但圣洁，大卫细腻地描绘的伤口，肃穆，另人怜悯。画的上半部空旷虚无，但那个粗糙、真实的木箱却似乎在表达对一位领袖死去的控诉。

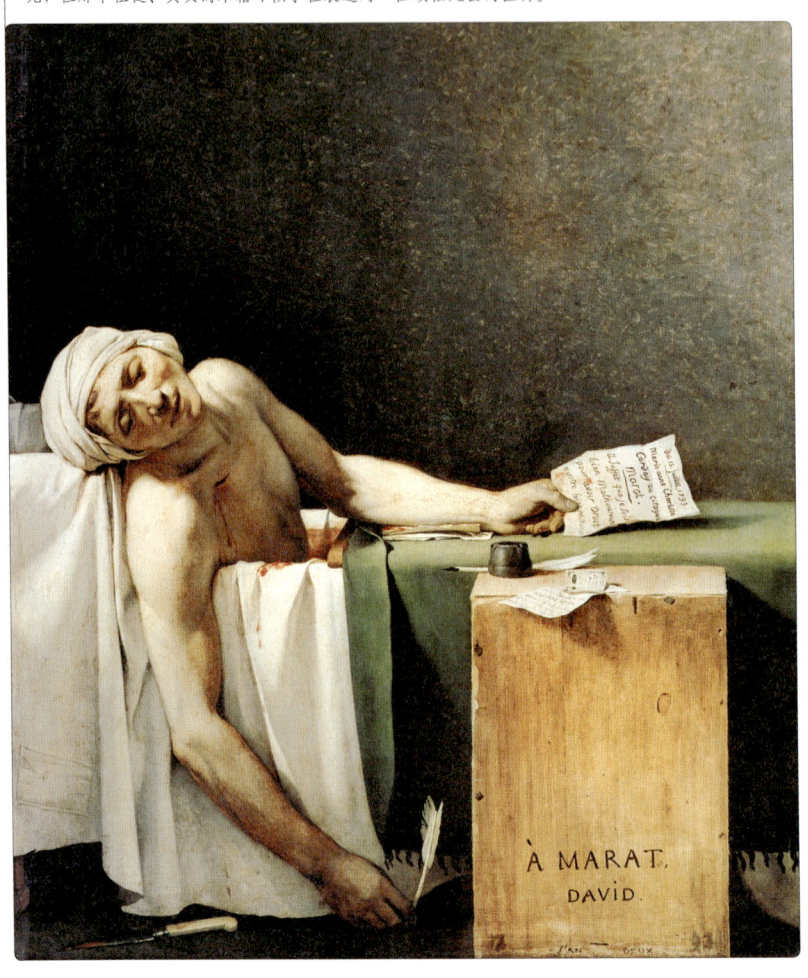

1809年出生的奥斯曼男爵，却在默默思考另一件事：巴黎，这座中世纪式的、道路狭窄的城市，是否该改革了？这里的每条街都能建个街垒，每个巷子都是革命者盘踞的舞台……如果把道路拓宽一点？

1846年，22岁的尤尔-布丹决定当个全职画家。他是一个水手的儿子，曾在一个画框店工作。他颇有艺术家眼光，和康斯坦特·特瓦永、让·弗朗索瓦·米勒们都有联系，帮他们卖画。早年的米勒还没画出名动天下的《拾穗者》和《晚钟》，而且厌弃巴黎的浮华，怒称"老子就是要一辈子做个农民"，所以和布丹这个外省子弟相谈甚欢。可是布丹无法抵抗巴黎：和所有法国文艺青年一样，在巴黎转了几圈后，他发现，艺术家还真不是穷人干的活。朋友费迪南·马丁想了个招给他增加收入：你不是勒阿弗尔来的吗？诺曼底海边游人如织，而且都是些富贵闲人。画点户外海岸风景，卖给那些旅游者，绝对够赚。布丹一想也对：在巴黎认识的荷兰画家约翰·容金德也早说过，他画户外颇有天赋。得，那就画吧！半辈子在诺曼底海岸观看天空，布丹对流云、阳光、空气、风极其敏感，穷极无聊，他开始在天空上做文章。他开始用一些极细的笔触，细细密密描绘深深浅浅奇形怪状的天空。这份执拗，终于让他的偶像卡米耶-柯罗也不由点头赞叹：这天空着实画得好。

在诺曼底，布丹施展画艺画画谋生。他不爱待画室里，却爱在诺曼底的海滩边急速作画。他用凌乱的色块和线条勾勒天空，乍看去蓝紫青灰一片五彩斑斓，再看时，明明有阳光的味道，大海的声音。1857年，在勒阿弗尔，他遇到了一个叫小奥斯卡的孩子。他教这个少年画画，画云气与雾霭，画海潮起伏吐气如叹，画日出之后阳光与海洋的调情游戏。然后在19世纪50年代最后一天，被巴黎赶回勒阿弗尔的布丹，却鼓励小奥斯卡

19世纪的巴黎街景

去巴黎闯荡。他知道在巴黎有多么艰难，但他也知道，那时的巴黎已经开始有宽阔的林荫大道、新古典主义的石头建筑。小奥斯卡带着勒阿弗尔的乡音和一身大海带给他的肤色，梳着背头，略有胡茬，拘束地打着领巾，带着布丹的介绍信，去到巴黎，对布丹的老朋友容金德报名："我是奥斯卡·克洛德·莫奈。"那是 19 世纪中期的宿命。巴黎有了拱廊，有了钢铁和玻璃的建筑，有了商业文明。沃尔特 - 本雅明多年之后总结："巴黎是 19 世纪的首都。"对莫奈们这些后来声传后世的画家来说，他们无非前赴后继，不断从法国各处去到巴黎。后来的事我们都知道了：19 世纪 70 年代，以莫奈《印象·日出》命名的印象派运动波澜兴起；19 世纪 90 年代，后印象派塞尚、梵高和高更开始名动天下；塞尚认为莫奈开启了一切，而 20 世纪的第一大神毕加索则说"塞尚是我们的父亲"。而如果追本溯源，莫奈会归结到布丹和容金德这些无论人在哪里始终心在巴黎的人："布丹让我决定成为一个画家"，"容金德为我眼睛上了最重要的一课。"

1900 年，美国南方，泽尔达 - 萨列生在阿拉巴马州。16 岁时她就是学校的舞会皇后，万千宠爱于一身。她高中毕业照上题了段话，极见性情，甚至预示她之后的命运："Why should all life be work, when we all can borrow. Let's think only of today, and not worry about tomorrow."——"当我们能借到一切，为何要工作终日。让我们只想今日，不要为明日担忧。"20 岁不到，她嫁了斯科特 - 菲茨杰拉德。23 岁上，夫妻俩去了巴黎。众所周知，20 世纪 20 年代的巴黎，菲茨杰拉德和他太太泽尔达是金童玉女。在他们最幸福的时间，曾住在巴黎旺多姆广场 15 号的里兹酒店——而隔着广场中心的记功柱，旺多姆广场 12 号，正是肖邦 1849 年 10 月 7 日逝世之所。

夫妻俩出入巴黎各酒会的故事，已被伍迪 - 艾伦的电影《午夜巴黎》摄得精当。1925 年，菲茨杰拉德著名的《了不起的盖茨比》出版，但泽尔达却上演了比小说更经典的故事：她自顾自跑去海滩游泳，舞会欢闹。她认识了一个男人，跑回来跟菲少爷要求离婚——奇妙的是，那男人还蒙在鼓里，全然不知道泽尔达会为了他闹离婚。在巴黎，泽尔达进入了自己的荒诞梦想之中，完全的人生如戏了。

也就是在巴黎，也就是在 20 世纪 20 年代，菲茨杰拉德遇到了海明威——那时节，海明威刚刚辞掉记者之职，在巴黎一边挨饿，一边写他那些伟大小说，并在这里经历了初次成名和离婚。按照加西亚·马尔克斯的描述，也是在巴黎，1957 年，海明威曾与他有一面之缘——当然，那时海明威已经得过诺贝尔文学奖，离死亡不过五年，而马尔克斯还是个 28 岁的哥伦比亚记者，只能隔街认出海明威后，扬声喊一句"大师！"——然后继续回到他没有暖气的房间，一边冻得发抖，一边写《没有人给他写信的上校》。在他去到塞纳河边的咖啡馆时，会听到老板绘声绘色地描述：这个桌子坐过萨特，那个桌子坐过科塔萨尔。这两位冠绝南美和欧洲的大师曾隔桌写字，但那时他们都还年轻无名，以至于认不出彼此。

这就是 20 世纪之后的巴黎。每座桥，每个咖啡馆，每个桌子和椅子，每棵树，都能够勾勒出许多传奇。全世界的人来到巴黎，看在眼里的是奥斯曼男爵开发的林荫大道和巴黎市景，想着的是各类传奇、艳闻、伟大的名字。网络时代方便了检索，各个年代的传奇可以聚缩在一起，让你晕眩。来到巴黎的人，甚至可能想不出一个具体的原因——这里有太多名字，太多传说，于是，"去巴黎"成为一个固定的词。

重新回到伍迪·艾伦的《午夜巴黎》，这部充满戏谑意味、自嘲文艺青年幻想的电影，到结尾却另有一番痴心不悔。无论你怎么想，无论来到巴黎的目的有什么不同，但是巴黎，以及曾经与巴黎缭绕的那些名字，始终在那里。

最后一个故事。文森特·梵高27岁那年，不想再当教士给矿工们传教了。他决心当个画家。到他33岁，第一次进了美术学院，但一个月后就退学了。那是1886年，他处于人生低谷：开始当画家已有六年，离他死去还有四年；此前一年，父亲去世令他悲痛欲绝，此时他的画，恰与他的心情同样：灰暗，沉郁。那年，他最有代表性的作品《一双旧鞋》，只有灰黑二色，就像是个矿工所穿。

——等一等，文森特·梵高，不是应该如蒲公英般金黄，如阳光般炽烈，让斑斓星月漫天旋转的半疯子吗？

——事实上，到1888年，他的确已经成了那个样子。

——1866—1888年间，发生了什么，让一个灰黑色的静物画家变成了向太阳燃烧的金色葵花？

1886年去巴黎之前，梵高是个很纯粹的荷兰画家，秉承荷兰黄金时代的传统：长于描绘静物，对物体材质表面精雕细琢，打光精确，阴影明晰，质感到位。除了笔触略粗之外，他的画就像一面镜子，反射自然——或者，他看上去希望如此。但1886年，他去了巴黎。他那幅《吃马铃薯的人》被看中了——那幅画线条粗粝，色彩阴暗，幽深莫测，但19世纪80年代的巴黎，正是对笔触造反的时节——于是他也被召邀去了巴黎，参加了印象派的第八次，也是最后一次联展。1886年印象派正要分崩离析。

十二年前首次联展时，以莫奈为首的主力们，正待各奔东西；点彩派诸位野心勃勃，正要造莫奈的反；1886年的画展是印象派的最后斜阳，梵高赶上了。他没来得及在这次联展成名，但是：他看到了一些画，比如莫奈的风景画，比如毕沙罗的乡村画，比如保罗-西涅克的河流景色，比如埃米尔-伯纳德的风景画——这些画现在挂在艾克-麦克雷恩画廊，一如梵高当日看见它们的样子。

如你所知，荷兰是个冬暖夏凉、雾霭流岚的海滨之国，那里的画家被意大利人称为北方画家，长于静物勾绘，但从来无法描绘南方的热辣辣的阳光。梵高从云雾中的荷兰走来，抓住印象派最后一次展览的机会，就像抓住了最后一缕阳光。他获得了什么呢？从1887年开始，他的画变了。他感受到了光线与色彩的重要，明白了粗重笔触的力量。他明白了"正确的素描"在光线下多么无力，领会了塞尚高呼的"根本没有线条，形体之间的关系靠颜色决定"这一道理。以及最重要的，他遇到了自己最钟爱的艺术形式，浮世绘——印象派的起源之一。1865年，年轻画家们接触到了葛饰北斋的浮世绘，纷纷倾倒，继之效仿。莫奈爱浮世绘成痴，1875年还特意让妻子卡米耶着一身和服，在满墙日式扇子前，让自己画了幅画儿。本来，浮世绘这种版画性质的作品——以黑色描绘轮廓，之后雕刻墨板、选定色彩、雕刻色版、刷版——与油画技法不合，但梵高找到了其中的灵光。他在巴黎的印象派诸位大师画里，找到了日本浮世绘大宗师歌川广重的身影。他开始如痴似狂地学习歌川广重的《东海道五十三次》和《江户名所百景》。他的画日益明亮而狂放，笔触细碎，颜色狂烈，他1888年那幅著名的《向日葵》，比之于1886年的那两双灰黑色鞋子，缺少透视、短缩法和一切欧洲大师们累积起来的技巧，而尽是浮世绘式的平面、装饰性、明亮色彩和摇曳之态。一个新的梵高就此出现了。他此前的33年灰黑色如画人生，在巴黎印象派的余晖中，被尽数烧尽，此后灰烬里，站出了美术史上最鲜艳夺目的人物。如你所知，1888年2月19日，梵高离开巴黎，去了南方的阿尔勒。他一在那里站住脚跟，就给高更写信："我永远不会忘记初到阿尔勒之日的情感。对我来说，这里就是日本。"——他没钱像莫奈似的，造一整个日式花园、拱桥和睡莲池，所以阿尔勒就是他想象中的日本。1888年6月5日，他写信道："浮世绘的笔触如此之快，快到像光。这就是日本人的风貌：他们的神经更纤细，情感更直接。"1888年10月，高更来了。然后就是世界都知道的历史：高更和梵高在一起画了两个月，走了；梵高失去了一只耳朵，然后继续作画，把他生命里的最后两年，燃尽在了这里。

是什么地方促使他开始燃烧生命的？还是巴黎。这就是那次展览的重点：你想看到莫奈们对光与色的炉火纯青。你可以想象梵高站在这些画前时，如何在脑海里酝酿风暴，开始燃烧自己。他汲取了，然后又推翻了，所有这些成型的技法；更有甚者，他因为这些画，这些在巴黎的经历，也改变了自己的心思——你可以从1886至1888年间，他画作风格的巨变，感受到这一切。他说出这样的话："看日本浮世绘的人，该像个哲学家、聪明人似的，去丈量地球与月亮的距离吗？不；该学习俾斯麦的政略吗？不。你只该学会描绘草，然后是所有植物，然后是所有风景，所有的动物，最后是人物形象。你就做着这一切，度过一生。要做这一切，一生都还太短。你应当像画中人一样，生活在自然里，像花朵一样。"

食在他乡：
○ 温暖肠胃的饮食，
各有改头换面的故乡

《晚餐》

朱尔·格伦（Jules-Alexandre Grün）｜法国｜1913年
布面油画｜110.5cm × 122cm

1913年，法国巴黎，Channel创立了香奈儿品牌，在《晚宴》中，依稀已有了Channel着装风格的影子。贵族的晚宴——精致华丽的银质餐具、芬芳的花朵点缀的餐桌、妇人与绅士温和地谈笑，我们可以从画作中感受到温暖、活跃、优雅与精致。晚宴后的茶点时刻，如同法国葡萄酒的后味，散漫而暧昧。

虫子酒

吃虫子，对衣冠礼节的汉民族，该是件恶心的事。细想起来，恶心在哪儿呢？《射雕英雄传》里，洪七公说他少年时在极北苦寒之地饿惨了，只好吃蚯蚓，活的，还能爬，想到其蠕动之态，便让人毛骨悚然。可是《神雕侠侣》里，他老人家就带着杨过吃蜈蚣：将蜈蚣烫死，洗去毒，去了壳，油炸到酥后，很是美味。这说明虫子倒也不是不可以吃。唐朝时节，人们把蝗虫油炸来吃就是例子。到如今，天津人还吃烙饼卷蚂蚱——蚂蚱去了头翅脚后油炸，很脆，还是高蛋白呢。

所以蛇虫之类，不是不能吃，主要是得变变外观。江苏如皋民国时以制猪头肉闻名，当地的老师傅认为宗旨之一，就是炖到猪头酥烂，一根骨头就能把猪头划开。理由？面对着一个大猪头，是个人都有心理障碍；变成一堆酥融肉，就无所谓了。蛇虫亦是如此。以前广东吃蛇羹，认为可以祛风湿：吃完蛇羹出了汗，脱衣服看关节处有黄汗渍，那就是风邪，所以吃完蛇羹，得请洗热水澡。但更补的，是蛇酒。这蛇酒可不是日常铺子里，划拉开蛇肚子，蛇胆抛进酒里请你喝的那种，而是整条蛇泡出来的。

蛇酒泡法不一而足。普通些的，买条风干的蛇，泡在白酒里便算了。进阶些的，请师傅杀了蛇去了内脏，漂洗干净，泡进酒里去。真正极品也最瘆人的，是把蛇饿干净了——以免在酒里面大小便——然后活泡进白酒里去，等两个月以上。蝰蛇蝮蛇银环蛇眼镜蛇，都能这么处置。那位问了：蛇有毒，这么使唤能行？当日金庸写《笑傲江湖》，五毒教的蓝凤凰教主，就是拿各类毒物泡的酒请令狐冲喝，希望以毒攻毒，但也让令狐冲血中染了毒性。其实蛇毒本来是蛋白，遇到高温或高浓度酒精环境，自然变性分解，毒素消解。这里的重要细节，就在于酒精度数得浓。所以泡蛇酒虫酒，断然不能是啤酒葡萄酒，而得是烈性的 50 度开外的白酒。

蛇酒味道如何？不一而足。有的蛇酒略带甜味，有的蛇酒带咸味。我一度认为蛇酒带腥味算是把蛇的精华泡出来，够本了，但一位在法国摆弄此道的老广东大摇其头，说腥味很可能是因为蛇被泡之前，没处理干净，便溺涎液，都在酒里头了。

洪七公吃的蜈蚣，其实也可以拿来泡酒，但没有蛇那么生猛华丽，更适合是蜈蚣洗净晒干后泡酒。贵州有些小镇，会神神秘秘地卖"百虫酒"或"千虫酒"，里面常盘着条蜈蚣为主角，大概蜈蚣样貌独特又修长，盘在瓶里会显得霸道威武，有说服力吧。虫子多了之后，酒的功效会提升些吗？不知道。

同为烈性酒的墨西哥龙舌兰酒,也有吃虫子的玩法。

同为烈性酒的墨西哥龙舌兰酒,也有吃虫子的玩法。龙舌兰植物 Agave 根部常有种小虫,叫作 Mezcal,单赤虫。墨西哥人自有他们一套天人合一的邪门信仰,觉得把跟植物共生的虫子和着植物酿造调味的酒一起喝,多半能有别的功效。所以许多墨西哥国内销售为主的龙舌兰酒,瓶底都有些这类虫子,看着瘆人,但墨西哥人却觉得喝了之后,精神百倍,而且会非常有异性缘。当然,喝法不止一种。墨西哥人把昆虫幼虫,叫作古萨诺(Gusano),油炸过了,磨碎,跟盐混合,就叫古萨诺盐(Sal de Gusano),平时在餐桌上调味,也可以倒在酒里。许多龙舌兰酒里头不加虫子，但会送你一包古萨诺盐，声称是辣椒和虫子磨粉的完美调和。当然，你也不必过于紧张，许多小酒店根本懒得特意磨碎虫子，也许只是给你一包辣椒粉了事。你在那里为了虫子的事儿担心，人家还不想白送给你虫子呢……

至于味道，说实在话，油炸过的虫子又研磨成粉，再加了辣椒和盐之后，你很难吃出什么细腻口感来。闭着眼吃，会以为就是干炸辣椒壳；就着酒喝，确实可能口感特殊些，但真说有什么天赐美味，怕也未必。只当入乡随俗，吃个热闹罢了。不过，喝过带虫子的龙舌兰酒，你确实会自觉心明眼亮、热血澎湃，满身都是"兄弟我喝了些奇妙的东西哟"的劲头，虽然很可能，这些只是安慰剂效应罢了。

巴塞罗那的菜市场周边，有许多奇奇怪怪的东西卖，比如正方形雪茄，据说可以壮阳的牡蛎粉，不一而足。我在某个阿拉伯小店，见到过一种奇怪的酒：一种也不知道西班牙语还是阿拉伯语念出来颇为漫长的虫子酿的酒。换言之，这酒不是泡虫子，而是直接虫子产出来的。听着不算合理：智能生物如人类，都需要时间器具才能酿酒，区区虫类怎么如此了得？后来听他们解释一通，大意是古时候，西班牙南部有许多类似的虫子，天气炎热，虫子栽在水果旁边，死了；果汁发酵，跟虫子腻在一起，当地人喝了觉得好，以后类似的果汁跟虫子一起发酵蒸馏，然后喝——虽然瓶里毫无虫子的痕迹，但俨然这瓶酒跟虫子还是有瓜葛的，是虫子生命的精华云云。说得很热闹，真喝下去，倒是一般。马德拉岛有卖百香果酒，认为被虫子咬过的百香果才是最好——说明百香果太美，虫子也要下嘴，而且确实没有农药。这个跟虫子的关系扯起来，听来还接近些。

一百个人，有一百种偏爱的煎蛋

在欧洲待久了，容易犯个毛病。比如，早餐时，我在厨房，问楼上的若："我煎个蛋？"

楼上便会答："Omelette 还是荷包蛋？"这两个词，都可以是煎蛋，还都是早上就能吃的。

荷包蛋本身不奇：热锅下油，敲蛋下锅，等蛋凝固，嫩白软黄，世界人民都这么操作。但其中口味风格，自有区别，一百个人，有一百种偏爱的煎蛋。

单煎一面，则蛋黄金黄，蛋白匀展，火候重一些，周围还有焦圈，英文里叫 sunny side up。您用锅铲——也有厉害的大师傅，我就见过一位酒店餐厅的德国老兄，单手运锅一颠，杂耍似的——把蛋一翻，煎双面，英文里叫 turnover。

美国人爱吃双面与单面煎蛋的，大概差不多。在日本，吃双面煎蛋的就偏少。我跟认得的日本人聊起时，对方义正词严，觉得煎到半生、溏心酥融的蛋才可口。我说在我故乡，觉得蛋黄煎实了，口感酥而坚实，也挺好，被报以"这玩意儿也能吃"的眼神。

荷包蛋的蘸料，也足够成立个教派的了。下盐的，撒胡椒的，抹牛排酱的，加辣椒粉的。也有如我父亲那般，觉得这些都是异端，空口硬吃的，他觉得，这才有蛋香。

美国人，许多是很习惯将煎蛋切碎，抹面包上吃的。我见过最奇怪的，是煎蛋切碎了，另加蛋黄酱，抹面包吃。

欧洲人煎蛋，不忌肥腻，愿意下黄油。我见过一位店主太太，先热锅，黄油下去到融化的程度，下鸡蛋。爱吃嫩点儿的，即刻关火，加锅盖，将蛋焖熟。如此煎得恰到好处，还不会发焦，火候到位的，鸡蛋会熟得半透明，很好吃。

马德里人吃炸章鱼，清油急炸，鲜嫩多汁。但吃不惯海味的，会觉得咸，店主便会给你切了半凝固的蛋白，浇在章鱼之上，鲜美嫩滑，兼而有之，极好。

煎蛋 omelette，在中文里对应的东西，类似于蛋饼。有些港式茶餐厅里，直接取 omelette 的译名，菜单上叫作奄列，不认识的人，会为之一怔。

欧洲人吃 omelette，可以极为简单，将鸡蛋打匀了，下锅一煎了事，与荷包蛋比，就是多了个打匀的过程。

自然，复杂起来，也可以极为仪式化。Omelette 的配料，仿佛饺子

荷包蛋本身不奇：热锅下油，敲蛋下锅，但其口味风格自有区别，一百个人，有一百种偏爱的煎蛋。

馅儿，是体现各地饮食文化的精华。比如，阿拉伯风味的餐厅提供的一种 omelette，做法仿佛国内的芙蓉蛋。只是芙蓉蛋常以虾仁、叉烧、韭菜等配料，阿拉伯风味餐厅则会裹以洋葱、盐、菠菜、胡椒与大蒜。

有位美国西南地区来的哥们儿请吃饭，做煎蛋就会上黑胡椒、洋葱、火腿片，还敢撒一层干酪粉，大大咧咧，粗鲁豪迈。

日本形态的 omelette，就是玉子烧了。传统做法，应当包括鸡蛋、味霖酒、米醋与糖。做出来的效果，理当是蓬松绵密，软嫩动人，这是挺考验寿司师傅的。但我吃玉子烧，有一项不理解处：这玩意可以当早饭吃，也可以在一顿寿司的押尾当作甜点。但我问日本朋友，这东西可以拿来做前菜吗？对方面露困惑，反问：好好的玉子烧，干吗要当前菜呢？

为什么不呢？为什么呢？——好了，这是个鸡生蛋蛋生鸡的问题。大家挠头，最后只好说：嗨！习惯吧！传统的力量真大。

如果您想在法国人内部激发区域战争，可以考虑去到南部小城市的馆子里，跟一群正在慢悠悠喝小酒的诸位聊：请问，正统法式 omelette 该怎么做？问出这句，仿佛在热油锅里倒一瓢水，然后您就走吧——过两天回来，他们还在原地有气无力地掐呢。

首先，法国老饕们会在一些大是大非的问题上，勉勉强强，达成统一。比如，锅子应当加热到太阳那么酷热，泼水上去，瞬间变成水蒸气，冷锅煎 omelette 是犯罪，应该罚去给生蛋的母鸡鞠躬道歉；比如，好黄油是不可或缺的，不用黄油煎 omelette 的，那都是异端分子。我在里尔就遇到过，火车站旁边一个泰国餐厅，我问当地人"好吃吗"，当地人做个鬼脸："他们煎 omelette 都不用黄油！"

但这两个共识之后，其他就麻烦了。用铜锅、铝锅还是铁锅？对付蛋用木叉还是铁叉？鸡蛋打匀之后，要等泡沫消停呢，还是直接便下去？是否需要添加其他酒类？如果加酒，是马德拉葡萄酒好呢，还是波尔多酒？是否需要加干酪？什么时候加？是干酪直接融在锅里，还是撒干酪粉？最好的 omelette，到底是卷洋葱，卷火腿，撒上松露切片，还是单纯的鸡蛋饼本身呢？——总之吧，最后，您还是可以独自在家里，下半个鸡蛋那么多的黄油，在高温锅里融化过，下鸡蛋，等它变成金黄色，再考虑要加盐还是胡椒。做 omelette 这事，其实与世上大多数事一样，无论你做到多好，总有正统派过来指手画脚。所以呢，做自己喜欢的就好。——在这方面，最洒脱的是希腊人。希腊家庭或小馆子，比如说，一桌饭吃差不多了，觉得加新菜没必要，又似乎得——用中国北方话说——溜溜缝，那么，茄子、洋葱、青椒、火腿、鱼肉，都可以拿来，一个 omelette 全裹卷了，就是个杂烩鸡蛋饼。营养丰富，喷香好吃，是清理冰箱和剩菜的妙招。当然，让原教旨主义 omelette 的法国人看见，一定要气得脸红脖子粗，觉得鸡蛋都被希腊人玷污了，真是该打！

喝咖啡
与
吃大蒜

中国有位颇为洋气、甚讲派头的演员，曾如此划分人群：吃大蒜的，喝咖啡的。这位先生自居喝咖啡的一族，对吃大蒜的，似乎无甚好感；大约这先生洋气得很，会觉得大蒜与咖啡，应该泾渭分明，道不同不相与谋。

话说，地中海沿岸的欧洲人，尤其是现代法国人听了"咖啡比大蒜洋气"，会做何想法呢？

在地中海沿岸历史上，蒜是上帝赐福的神物。

西方医学的老祖宗希腊的希波克拉底先生，认为大蒜无所不能：可以利尿，可以通便，可以发热御寒，简直是天赐之宝；和希腊特产的橄榄油一配合，天下无双。

古希腊人航海，吃大蒜、橄榄油就鱼，胜似天堂。妙在吃大蒜杀菌解毒，不易生病，还能当药使，神了。十字军时期，西欧骑士健康状况都差，但吃上了大蒜，防疫能力飞升，一时百毒不侵。于是中世纪末期，大蒜流行西欧，乃是防瘟疫治感冒的万灵丹，对付黑死病的杀手锏；甚至有欧洲人挂一串大蒜在脖子上代替十字架，还能对付妖魔鬼怪。

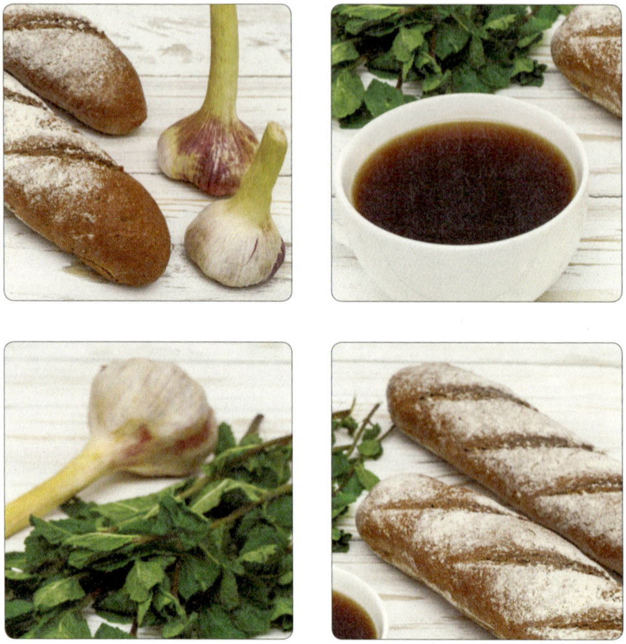

在哥伦布发现新大陆之前，地中海居民主要的人生乐趣，便是将大蒜捣碎，配上荷兰芹，蘸鱼、蘸面包、蘸烤肉，无往而不利！

现在举世向往的法国蔚蓝海岸，有普罗旺斯风味。何为普罗旺斯风味呢？答：大蒜味。

19世纪，诸位在巴黎的大师，每到冬天就头疼脑热，心情阴郁，要去南方。大仲马说，他坐在马车里，都能觉得车子进了普罗旺斯。为什么？因为闻到了健康、丰硕、活泼的大蒜味。

没到过普罗旺斯的人，总想象普罗旺斯是薰衣草味、玫瑰味、晚香玉味。然而对法国人而言，普罗旺斯主要的动人处，就是大蒜。将大蒜捣碎，与橄榄油拌上，是任何普罗旺斯菜的基本调味风格。蛋黄酱里加橄榄油大蒜，与意大利干酪丝一配，往鱼汤里倒，就是著名的马赛鱼汤。一锅贻贝，用大蒜焖煮出来，就是普罗旺斯风味。烤得的面包要蘸蒜蓉蛋黄酱，吃鹅螺时店主如果体贴，会端上蒜泥。每年夏天，尼斯有点门路的海鲜店，会自制大蒜蛋黄酱：大蒜、鸡蛋、芥末，合理勾兑，新鲜冲鼻。吃海鲜或面包不就蒜，店主根本没法开门做生意。

非只普罗旺斯如此。西班牙只要是靠海地界，多爱吃蒜。塞维利亚和巴塞罗那都有一道tapas下酒小菜，做起来极简单：橄榄油、蒜蓉、红辣椒，用来焖虾，焖熟了吃。这里还有讲究。中国人讲究热油炒葱姜蒜来炝锅，但西班牙人觉得不妥。蒜的味道是多么细腻有味，怎么能用热油炒呢？要保持油温平衡，慢慢地将蒜味焖出来，再来焖虾，如此才有鲜美的海味啊。

上道的老板，你等菜时，先上一篮子面包，一碟大蒜，大家立刻笑逐颜开。那位会问了：咖啡呢？欧洲人也爱咖啡，但咖啡在西方世界，历史实在不长。咖啡源出阿拉伯世界，从东往西传播，先是在意大利登陆。所以，至今咖啡里的许多术语，都是意大利词。比如浓缩咖啡 espresso，比如"拿铁"，意大利语写作 Caffè latte，法语写作 Cafe au lait，读作"欧蕾"，其实意大利语 latte 和法语 lait，都是牛奶。

在欧洲人概念里，咖啡是东方玩意儿，1530 年，大马士革就有咖啡馆了；1554 年前后的伊斯坦布尔，奥斯曼帝国的人管咖啡叫"黑色金子"。而荷兰人大概在 17 世纪到来前几年才见到咖啡豆：多亏了威尼斯人的慷慨。咖啡刚到欧洲时，许多人不满意。一是味道太怪异啦。1610 年，有位叫乔治·桑兹的先生写道："咖啡颜色如煤烟，味道也和煤烟大同小异。"最初卖咖啡的人们，并不强调咖啡的美味香浓。伦敦第一家咖啡馆，开在圣迈克尔·康希尔坟场——现在谁会把咖啡馆开在坟场呢？当时的咖啡馆老板帕斯奎·罗西先生，对外打的口号是：咖啡可以治头疼，治感冒不通气，治肠胃气胀，治痛风，治坏血病，防流产，治眼睛酸痛等。您是卖饮料还是卖药来着？

意大利人喝咖啡抢了先，威尼斯 1645 年出现了街头咖啡馆。就是说，欧洲第一家街头咖啡馆，出现在明朝灭亡那年之后。巴黎人后来居上，1672 年巴黎新桥，也有了自己的咖啡馆；又过一百来年，法国大革命前夕，巴黎的咖啡馆突破两千家。

您大概明白了：相当于中国春秋战国时期，地中海沿岸居民就狂吃大蒜了。相当于中国清朝开国的时候，西欧人才开始喝咖啡。大蒜在欧洲的历史之悠久，在法国菜中的地位，都是极高的。直到今时今日，依然如此。

2013年，法国一年人均吃掉0.5公斤大蒜；人均消费咖啡5.4公斤——当然，后一个算上了水的分量。也就是说，法国人喝咖啡吃大蒜两不误，肚里的大蒜不一定比咖啡豆少。越往南，比如马赛、戛纳和尼斯，人们越是离不开大蒜，对咖啡，怕还无所谓些——法国南部居民和意大利、西班牙人一副德行，冬天短，阳光多，平日动不动就直接喝桑格利亚（sangria）之类酒精饮料了。

尼斯或戛纳这种爱吃大蒜胜过咖啡的风尚，是因为他们不够洋气吗？您想必已经明白这中间的乖谬之处了。以消费习惯来划分不同群体，不算错。但靠消费习惯来暗示群体的高下，就可能有失偏颇。

至于有人觉得"喝咖啡就比吃大蒜高雅"，那不是借着信息不对等蓄意误导，就可能是认知有限。直白点说，企图靠标榜咖啡比大蒜高雅，来凸显本身洋气的……要么是本身见的世面有限，要么就是把受众群都想象得没见过世面了。前一种是自己见识不广，后一种，那就是把观众当笨蛋了。

如果在2017年，您跑去尼斯老城海边的英国走廊，对就着大蒜喝马赛鱼汤的诸位大吼："你们没有隔壁喝咖啡的高雅。"南法人、意大利居民和来度假的英国人一定目瞪口呆，心想："哪来的神经病！"

欧洲人
吃火锅
是啥反应?

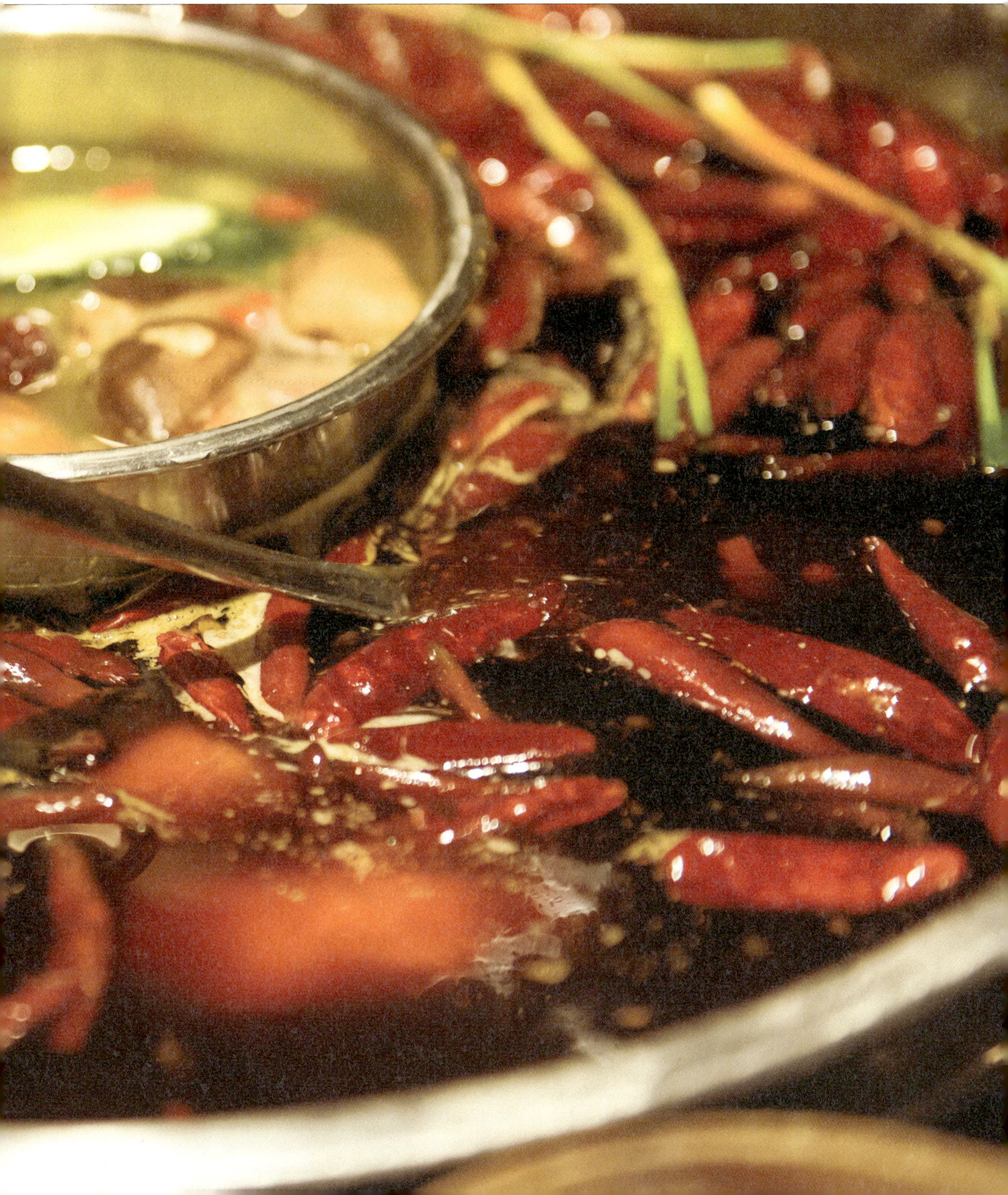

说到外国人吃火锅,我知道,大家期待的反应,多半是"外国人一定被中华饮食文化吓得目瞪口呆,大为新奇"的故事。

其实不然。以前中国对外交流不够多,外国人还会觉得火锅新鲜。现在,至少欧洲人,除了少数土鳖,已经很少会诧异"哎呀,中国还有这个饮食哪"。因为他们已经接受"中国饮食无奇不有,我们只管吃就是了"的设定了。一个中国人吃到佛罗伦萨牛肚包或者阿姆斯特丹鲱鱼,也不太会目瞪口呆对吧?现在大多不太老、见过些世面的欧洲人,初见到任何中国食物,最多是好奇一下,觉得新鲜,然后就……入辙了。

火锅,算是中餐里欧洲人接受比较快的。我跟外国人解释中国的炒菜,如何炒料、勾芡、大火炒,总有些人不能理解。但火锅一烫就熟,他们亲眼看着,很直观,所以很爱吃。我的女友若是重庆人,十八岁之前主要活动在重庆、贵州、深圳三地。吃火锅,牛油不重者不能接受,无辣不欢。我两天不给她做辣菜,三天里没一顿有锅子,她就要害病,得吃顿火锅才好——她是那种住着四五星级的酒店,不吃酒店餐,要拉着我出去数串串的人。当年,她初到上海,我请她吃天山路附近号称最辣的一家火锅。她吃完了,若无其事开始喝火锅汤,"漱漱口,不然太淡了。牛油都没有。"

于是每年我们从国内飞巴黎,都带一箱子调味料。小面的、鱼香的,剩下的都是火锅底料。巴黎买得到的火锅底料大多是周君记。她完全不能接受。起码得是桥头和秋霞的。这点重庆人民大概懂得。

我们在巴黎过了第一年,第二年特意多花了每个月500欧元房租,搬到一个面积丝毫不变的房子里。我贪图的是有天窗和跃层,她贪图的是:可以在附近亚洲超市买到毛肚来烫——这个,大概重庆人最懂了。

我们平日，每周起码四顿锅子。冬天，每周一半都在吃锅子。请国内朋友，请欧洲朋友，都请。大家反应不一。我认识的欧洲人，第一次见到重庆锅子，不会太惊讶，有些还爱摆聪明显得自己吃过。只是小细节会有些疑问。

一个会日语、韩语，研究过东亚海盗史的博士生，第一次吃时很惊喜："这是寿喜锅（Sukiyaki）对吧？"直接夹豆腐吃，吃下去，眼睛就直了。应该是被辣到了。

一个法国波尔多人，女朋友是中国东北人，他吃得很老练，还直接定义说，火锅是 Fondue Chinoise——Fondue 是瑞士奶酪锅的意思。还问我们，为什么不多加点蔬菜。

我们解释，牛油锅烫蔬菜，容易太烫，还容易卷花椒误吃。

他：原来这个花椒不能吃吗？

我们：……

他：那辣椒壳也不能吃？

我们：……

一个意大利姑娘。吃起火锅来很淡定，用叉子卷魔芋粉丝，像吃意大利面似的。她说她在中国待过三年，特爱吃火锅。

一个俄罗斯壮姑娘，别的吃着非常溜，只是看见我们烫猪血，就有点好奇。绿豆粉为什么是透明的，很好奇。毛肚烫后卷了，找不到，就用勺子捞。

年轻的欧洲人对火锅常见的疑问是：

A. 为什么这么辣？而且好烫哇呵呵。

B. 许多食材具体是什么？（主要好奇毛肚、猪血之类。我没敢跟他们说黄喉和鸭肠。)

　　C．那么雾腾腾的你们居然看得清?!

　　D."我以前吃的中国火锅没有这么辣!"

　　E．汤可以喝吗？不可以？哦，哪些汤能喝哪些不能呢？

　　也有很老练的。共和国广场旁边，有一家巴黎挺有名的火锅店。有许多巴黎人去吃。我亲见过许多外国人，对虾滑、羊肉、香辣蟹，都处理得很自在，比某些中国顾客还熟练。吃火锅，先涮肉，再下蔬菜，大家都懂。某天我和若去吃火锅，身旁一对法国情侣一起等位。中间大家聊了几句，也不生分了。后来上了桌，也坐在相邻的桌子。我的锅先上来了，我把菌菇先下到锅里——取菌菇的鲜味嘛。邻座那个法国女生，特别严肃地对我说，要先下肉，再下蔬菜，才好吃!——她应该是把菌菇当蔬菜理解了。我想解释给她听，转念一想，啥都不说了。

　　最后一个故事，2015年7月的事情了。巴塞罗那格拉西亚那边，有些店开到午夜，还有tapas和酒卖。我陪几位长辈去吃夜宵。有位女侍和我们对话：

　　"你们是哪来的？"

　　"重庆。"

　　"重庆是哪儿？"

　　"就四川一带。"

　　姑娘很激动："我去过四川。我很爱吃火锅。我朋友还教我在火锅店里用的四川话。"我们让那姑娘说。那姑娘说了两句："豪刺。刺包老。"——这就是她仅会的两句中文了。

　　懂的诸位一定懂了。

锅子

日本人很爱吃锅。寿喜锅、涮锅之外，还有种种名色。比如，老派的日本火锅有种做法，叫作丸炊。鳖、酱油、酒，一起用土锅焖煮。温度极高，土锅通红，叫人担心随时会裂开——却并不会。煮过十几年的土锅是宝：随意煮点白水，加点酱油，锅里都是鲜的，因为鳖的精华穷年累月渗进锅里去了。这么个锅，可惜不好随身带，不然，真是随地都能做火锅锅底了。自鳖锅开始，日本又极重各类水产锅。鳝鱼锅、荒鱼锅、螃蟹锅、河豚锅，都能拿起来当锅子吃。

日本人最普遍的锅子，叫作锄烧（Sukiyaki），有传说是因在锄头上烤肉所得。现在的惯常做法，是以牛油为底，牛肉略烤过，加酱油、味霖等调味，再下煎豆腐、魔芋丝、金针菇之类，涮起的肉累加蛋汁，这玩意发展到现在，就是日本馆子里的"寿喜烧"。

以牛油为底，牛肉略烤过，加酱油、味霖等调味，再下煎豆腐、魔芋丝、金针菇之类，涮起的肉累加蛋汁，这玩意发展到现在，就是日本馆子里"寿喜烧"。

可是日本大宗匠，通篆刻、绘画、陶艺、书法、漆艺，同时身兼美食家，没事制造了大堆织部俎盘、日月碗等食具的北大路鲁山人先生，却觉得寿喜烧吃口太繁杂，他自创过一种锅子：鲣节昆布高汤为底，豆腐等切得的厚度恰好与汤在锅里深度相仿，肉片切厚，控制火温，肉、豆腐及野菜等，趁汤在将滚未滚时炖煮，夹起来，蘸酱油吃。这里头他最在意的细节，是"肉片切厚"。本来传统想法：肉切薄了，才容易入味，但鲁山人觉得：肉太薄，一煮便老，嚼劲全无，还是厚一些好；肉厚了会腻么？嗯，那就在酱油蘸碟里加一些梅子汁好啦。最重要的是：有嚼头，这才是肉！

巴黎的老韩国馆子，也有鱼火锅。讲究是先煮萝卜，等汤有萝卜的香甜味儿了，下贝类、鱼块等海产品，略熟，便再下青辣椒、红辣椒、各类我完全不知道来历的韩国辣粉末，以及刚碾好的蒜蓉。这一锅喧腾，最宜酒后吃。醉得有些昏沉时，来一口鱼肉一口汤，猝不及防就容易被辣得打喷嚏，两耳嗡嗡，鼻中嗖嗖带风，立刻心明眼亮，觉得还能多喝两杯酒。

法国和瑞士边境那一带，大家都爱吃瑞士干酪火锅，正经的瑞士干酪火锅叫作 fondue，是法语"融化"的意思，锅不大，锅底浓稠的干酪则已被温度烘软，缠绵不已。所用餐具，乃是个细巧的长杆二尖叉，用来叉土豆、面包片、火腿下锅。没有北京涮羊肉那种"涮熟"的过程，更像是卷了缠绵的干酪，直接就吃。涮料也少，传统吃法是酥脆的干面包配干酪。面包疏松，干酪无孔不入，钻将进去，形成一个密不透风的面包球酪，吃上去，外软内酥，味道极好。也有土豆或火腿配干酪的吃法。

最妙的部分是，吃到餐尾，火腿面包土豆皆尽，满锅里还有层干酪留着。灭了火，干酪慢慢凝结起来，在锅底结了。干酪冷却之后，脆结锅底的那层，叫作 religieuse——法语"修女"之意。吃来仿佛焦脆烤肉，冰了吃，又如冰脆三文鱼刺身。看着雪花飞扬，吃得满脸通红，彼此点着头：外面正大雪飞扬。

法国南部，惯于用蒜蓉和白葡萄酒来焖煮贻贝，一锅贻贝鲜浓可口不提，熬出来的汤汁也鲜得迷人，用炸脆的薯条、撕碎的面包、片好的火腿乃至香肠下锅去，加热两回，这种吃法挺受南法和西班牙人的喜欢。当然，罐子不大，所以也等于是每人分配个小砂锅吃了。

当然，说到火锅，再没有什么所在，比中国更霸气的了。中国南方的锅子，水涮的相对少，汤锅多些。广东人炖汤的决心，天下无双，所以能耐心花几小时，用肥鸡猪骨，熬出一锅汤来打边炉：涮生鱼片、生下虾片、竹荪、生蚝、猪腰子等，清雅醇浓，兼而有之。

在北方，锅子不止是吃食，还应时当令，可以报时节呢。清朝宫廷里，宫女们每年十月到次年三月，晚饭有锅子，听起来仿佛现代来暖气，"冬天到啦"的意思。北方的锅子，比较利索：锅里加水，葱姜，上桌来了。八旗子弟们懂得吃的，会加花样：叫个七寸盘的卤鸡冻。鸡肉少，冻子多，自己吃着鸡，冻下到锅里，就是卤鸡汤了，拿来涮东西吃，满面红光，剔着牙摇摇摆摆出门，后面一桌来了：有现成的老锅子？好，接着吃！——那会儿也没如今讲卫生。

我去东北，朋友请吃锅子，满锅的菌菇、海贝，吃个鲜，下的是血肠、大片猪肉与冻豆腐。他处的冻豆腐，没有东北那么扎实韧口——简直可以拿钩子吊起来。大白菜煮在锅里，起来时还脆生生的，不像江南，白菜很容易煮烂。在北方吃锅子，吃到后来，容易放浪形骸。因为南方少雪，天也不会极寒，锅子也相对温润火辣，是吃个味儿。在重庆吃火锅吃得推杯换盏、欢声笑语，是一个情境。但北方自有独一无二处，大雪纷飞之中，穿着厚外套蹲着吃涮锅子，招呼店家"再来十盘羊肉"，吃热了脱下大衣，肌肤冷而肚内热，头顶自冒热汽，将还带着冰碴子的羊肉往锅里一顿，一涮，一吃，一摇头：美！

肉是厚好，还是薄好呢？涮羊肉爱好者一定想了：这还用说？自然得涮到飞薄嘛！按老北京说法，羊肉只五处适合涮吃，曰上脑﹝羊后脖子，肉质嫩，瘦里头带肥﹞、大三岔﹝臀尖儿﹞、磨裆﹝顾名思义，臀尖儿下面﹞、小三岔﹝五花肉，肥瘦了得﹞、黄瓜条。片肉师傅片得薄了，铜锅里加水，葱姜，上桌来了。蘸料也不麻烦，芝麻酱、香油、韭菜花和腐乳算多了的。如果怕膻骚之气——羊肉哪能没有呢？——那就加麻楞面，也就是不加盐的花椒粉。

大雪纷飞之中,穿着厚外套蹲着吃涮锅子,招呼店家"再来十盘羊肉",吃热了脱下大衣,肌肤冷而肚内热,头顶自冒热汽,将还带着冰碴子的羊肉往锅里一顿,一涮,一吃,一摇头:美!

　　师傅片好羊肉端上桌来,夹一片羊肉,入锅一涮一顿——好些老食客连这一顿都能给省了——然后蘸佐料,吃。好羊肉被水一涮,半熟半生,不脱羊肉质感,肥瘦脆都在,饱蘸佐料,一嚼,都融化在一起了,就势滑下肚去,太好了。这时来口白酒,甜辣弥喉,吁一口气都是冬天的味道。

　　在川渝地区,说吃火锅,那就说来话长了。比如,在重庆说吃火锅,那是得正经一桌的:红锅翻浪,白锅陪衬,给不擅吃辣又忍不住想尝尝禁果的诸位,预备着鸳鸯锅。虽然许多时候,我要吃鸳鸯锅,会遭遇本地人无限叹惋地迁就:"好好,鸳鸯锅就鸳鸯锅。"吃火锅,下料也是大盘端来。老练的吃客,看一眼红锅,就会点点头,"你们老板是成都来的?"——因为重庆汤底,牛油普遍更厚。讲究的店,下锅之前,要一大块牛油给客人过目,方才下得去;滴在桌布上,须臾便凝结为蜡状;所以在重庆红锅里吃蔬菜,是件极考验技巧的事:一来蔬菜吸油,二来容易夹杂花椒;一筷蔬菜,可能比一筷肉都厚腻。成都火锅,汤底也放牛油,但正经火锅店,讲究底料丰富庞杂,久熬才香。是为与重庆火锅的区别。

  下料烫完,起锅再吃的,是为冒菜。冒菜是可以连汤吃的,于是没有巨大成块的牛油下锅。将食材处理成小块、下锅烫后捞起来吃的,是纵横中国东部各城市、雄霸夜宵半壁江山的麻辣烫。与冒菜算是兄弟。而将串串搁在锅里,烫完起来吃的,是串串——粗看,可算是火锅的零碎版本。——对非川渝人士而言,上面这一套简直像绕口令。"不都是在一个锅里,吃得我嘴里麻麻辣辣的东西吗?"实际上,真不太一样。形式决定内容。比如,去吃火锅,大家都要油碟:殷勤的店家会将蒜泥碟送上,让你看过"确是新鲜蒜泥",再下麻油。若吃串串,大家便会要干碟:花生碎、黄豆,佐以辣椒面和花椒面——贵州有些县城夜市,吃烧烤也是这个派头。比如,在重庆,大家吃火锅不太耐烦吃羊肉肥牛。川渝地区,很善于把各类边角料发扬光大,挖掘出细腻周至的吃法来,比方说夫妻肺片。火锅涮料,亦复如此:吃火锅,进门要的四大金刚,基本是:鸭肠黄喉、毛肚菌花,还要问:"有没有脑花?有没有酥肉?"外地人听了,很容易瞠目不知所云。吃冒菜,麻花、酥肉、菌花之类会少一些,而代之以牛肉,毛肚,土豆,藕片,以及各类蔬菜。有口味重的,是可以喝冒菜汤的;但你如果敢喝重庆火锅汤,那真是钢制的食管铁打的胃了。

形式不同,所以吃法也不同。吃火锅,很容易因为捞的问题抢起来。张三喜欢边烫边吃;李四喜欢一口气下一堆久炖;王五吃毛肚喜欢七上八下念叨完,吃一口脆的;赵六喜欢先下一堆菌菇慢慢炖着。甚至一个大锅里,烫个麻花吃,都容易热闹起来:有人偏爱吃煮软一点的麻花,眼巴巴地守着自己那一个,眼看有人要夹,就喝止:"我这个煮了好久,快要耙[软]咯,你吃得脆,各人另外煮嘛。"

重要的是,吃火锅,不太好一个人去。仿佛日剧里请吃烤肉;如果一个人去吃火锅或吃烤肉,占一张桌子,会显得怪异;吃冒菜或麻辣烫,又没有这种"边涮边吃"的美妙。但若一个人去吃串串,对着一个锅,下四五十串串、开两三瓶啤酒,说起来,只算是喝夜啤酒而已。我就曾经在夏夜,一个山坡的串串铺里,一个人吃了五十三串,两瓶啤酒——鲜香猛辣,直吃得嘴里一片噼里啪啦,辣香烟花般烫舌,满嘴的香。

贻贝与牡蛎

欧洲稍微卖点海鲜的馆子，多半备有两样：一贻贝，一牡蛎。家里若有龙虾，老板声气都要傲些，腰杆粗一圈；没有，也能吹两句："有牡蛎，好牡蛎。"

《老人与海》里，圣地亚哥老头在海上，对付文学史里最有名的大马哈鱼，同时吃金枪鱼充饥。海明威写得很细：从鱼脖颈到尾部，割下一条条深红鱼肉，塞进嘴里咀嚼；他觉得这鱼壮实、血气旺盛，不甜，保留着元气；临了还想："如果加上一点儿酸橙或者柠檬或者盐，味道可不会坏。"比起日本人用米、酱油和山葵来捏金枪鱼寿司，海明威描述的这种吃法，就挺爷们。他引以为豪的另一种爷们吃法，即早年在巴黎时，他一直吃的这玩意："冰冷冷的白葡萄酒冲淡了牡蛎那金属般微微发硬的感觉，只剩下海鲜味和多汁的嫩肉。"

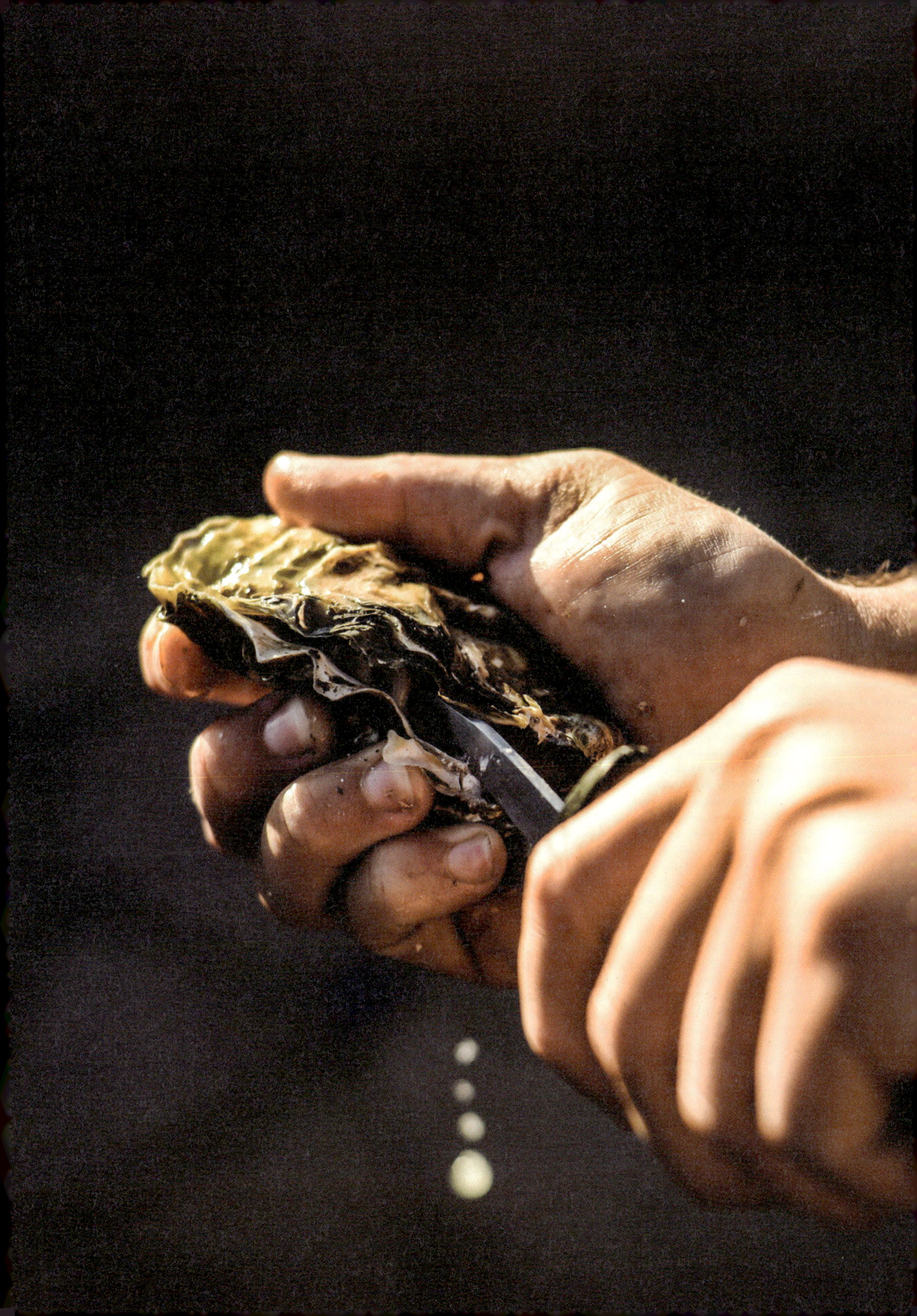

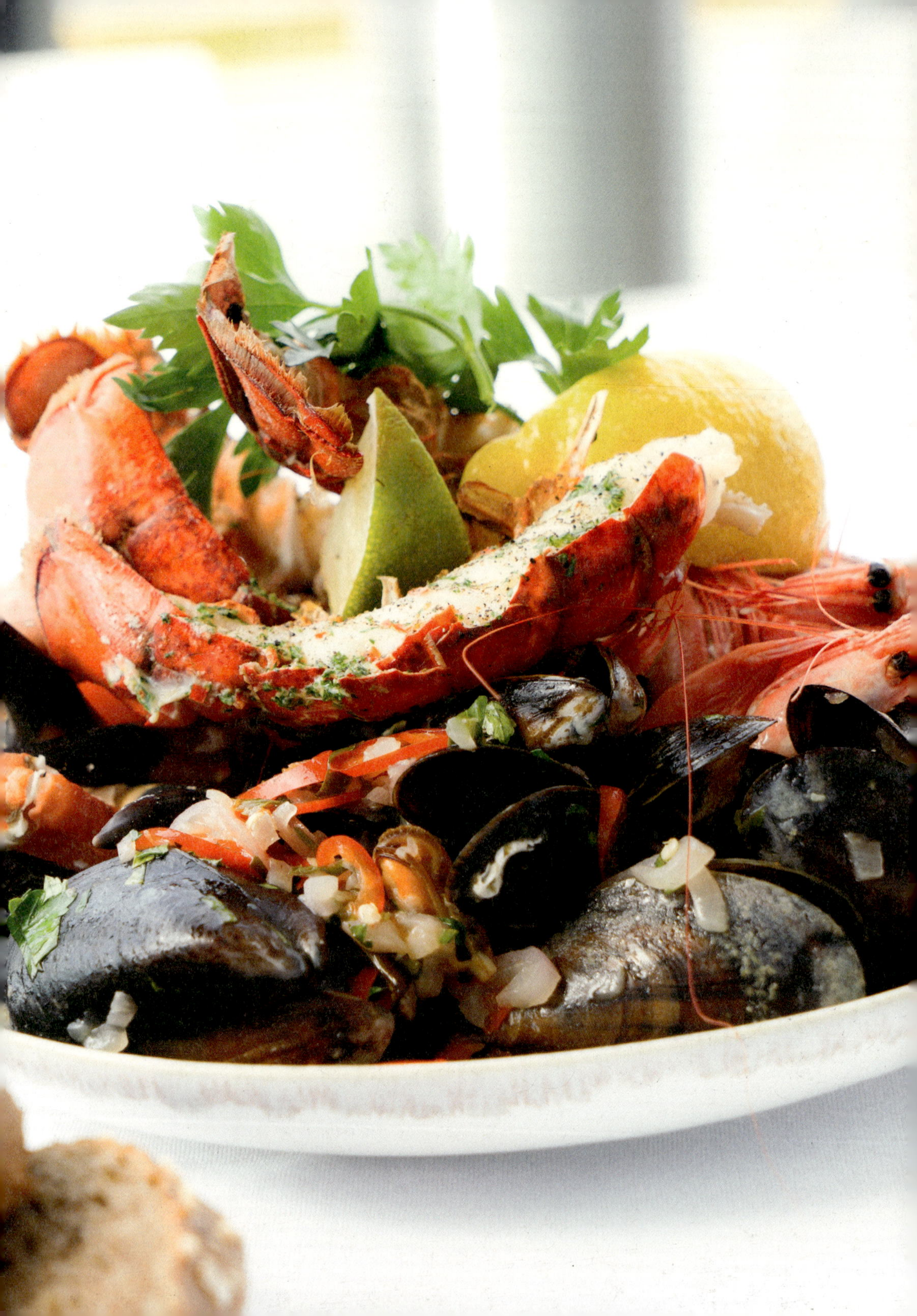

在欧洲，吃牡蛎算是很男人的料理。除了天生鲜味，还有其他意义：牡蛎与女性，在各类饮食文化里都有挂钩。

中国人以前叫牡蛎西施乳，是读书人起的名字，只是听来稍有淫秽。李时珍认为牡蛎"肉腥韧不堪"，非得用鸡汤来煮，那是中原居民，还没吃惯海味。法国人吃牡蛎，讲究生吃，认为可以壮阳。

莫泊桑的名篇《我的叔叔于勒》里，中产阶级家庭坐海轮去泽西岛，看见富人吃生牡蛎嘴馋，也想附庸风雅，可见那时候吃牡蛎一如抽雪茄，带有阶级的神话色彩。法国北部诺曼底，人们自觉那里牡蛎有鲜味，大概英吉利海峡的流水格外动人；南法蔚蓝海岸，马赛与尼斯这里，对此论调嗤之以鼻：牡蛎就要大而且肥，瘦牡蛎一丢丢，吃了有何滋味？

然而在尼斯，正经海鲜馆子里，牡蛎起码分三款：一是地中海牡蛎，略咸，法国人吹嘘说这是"地中海的鲜"；二是大西洋牡蛎，不够鲜，但极为肥大，柔韧结实，耐嚼，东方人爱吃口肉的，尤其赞美，但法国人对此悻悻然，觉得这牡蛎不好配白葡萄酒；三是尼斯和马赛本地近海牡蛎，被吹说有神味。

什么味呢？杏仁！——说是杏仁味，也无非是先嚼下来有腥鲜咸，后味有些回甜罢了。让人想起老北京卖白薯，"栗子味的！"当然也有种奇怪的说法：牡蛎越腥，壮阳效果越好——虽然仔细想起来，感觉很奇怪。

《权力的游戏》第五季里，艾利亚在布拉佛斯港口卖牡蛎，有人要吃，抬手亮刀切好，洒醋。这做法很地中海。在尼斯或戛纳吃牡蛎，用刀子切下瑶柱，加点儿店家送的洋葱红醋，一口连汁带肉吸进嘴里，鲜酸腥香，一口让人起鸡皮疙瘩。世上有些东西，好吃得让人安适，比如蛋挞，比如热牛奶；有些东西，好吃得让人脊背发凉，带刺激性，比如好酒，比如鲜鸡枞，比如牡蛎。

贻贝的做法，诺曼底那里是习惯奶油加盐煮，配苹果酒。冬天吃很暖和，让人安适；但南法的吃法不同。普罗旺斯的吃法，是大量的番茄酱加巴西里香草，炖一锅，酸，还推荐配红葡萄酒，有奇效；你说吃不惯，人家推荐个新的：马赛做法。什么呢？加大量的蒜、橄榄油，炖出一锅来，奇香扑鼻。马赛旧港海边，经常见老大爷叫一锅蒜蓉贻贝，一瓶酒，自斟自饮自己掰贻贝，默默吃完后走人，娴熟无比。马赛和尼斯虽然都在南法，但彼此也不算太对付。马赛厨子说起尼斯厨子，摇头："他们用太多洋葱了！"果然在尼斯，牡蛎的红醋里是泡洋葱的，连招牌的贻贝做法，也多半是洋葱炒过配酒来炖。妙无论是用洋葱炖还是用蒜蓉橄榄油炖，炖过贻贝后的锅底都留有鲜汁，用面包一蘸，好吃得让人吸溜一声。最爱喝这汁的，会举起炖贻贝的罐子，咕嘟嘟给自己来两口——简直就像鲁提辖给自己灌酒。

我见过最猎奇的吃法，是这样的：且说南法车开过了著名的大水渠加尔桥后，各家店里便齐刷刷都上了卖鱼汤——也就是著名的马赛鱼汤，当然，未必标着马赛之名。做法，无非是地中海式的重调味料：橄榄油炒洋葱、西红柿、大蒜、茴香等各类菜，可以自己加切丝奶酪或面包蘸鱼汤吃，吃法仿佛鱼肉泡馍。尼斯老城，我亲见一位仁兄，面包撕开，往里面夹了大蒜贻贝，再用鱼汤泡得汁浓，张开大口，啊呜一口下去。我远看着，想象他满嘴鱼汤、贻贝、面包，只好摇头：南方人吃东西，就是豪迈。

配酒

古人每逢要显豁达，便须得饮酒。人生忽如寄，寿无金石固。不如饮美酒，被服纨与素。喝了再说。王恭嘲弄过魏晋人，说他们痛饮酒，熟读《离骚》，就敢称名士了。以我所见，名士不名士，姑且不提；痛饮酒，有点可惜。酒得搭着喝，配着喝，聊着天喝，看着月亮喝，读着《汉书》喝。酒是有味道的，得就着点东西喝。

法国人以前有句谚语，说葡萄酒该搭着奶酪卖，带着苹果买。再劣的葡萄酒，配奶酪都喝得下去；再好的葡萄酒，配苹果，口味就糟糕了。理由也不难猜。劣葡萄酒，大多酸度与单宁过甚，涩口，仿佛容貌狰狞的家伙，触目吓人，刺舌辣喉；奶酪能平衡单宁，仿佛上了妆，就柔化了劣酒的线条，突出了果香。反过来，好葡萄酒，又赶上好时辰，果香、酸、单宁都会平衡，好比已经化上了妆；何况葡萄酒本身带苹果酸，你再带着苹果去吃，酸上加酸，仿佛浓妆过了度，就显出吓人来了。

再劣质的葡萄酒，配上奶酪都喝得下去。

不是说葡萄酒都不能配水果。比如，甜波特酒惯例配咸一点儿的奶酪，两相得宜；然而果味香浓的白波特酒，可以当甜品酒配合水果沙拉。也不是说葡萄酒不能配甜味，但一个挺要紧的元素，是配酒喝的食物，不能比普通酒甜，不然便显得葡萄酒酸涩了。

您去葡萄牙海外殖民地马德拉岛——嗯，就是克里斯蒂亚诺-罗纳尔多的故乡——看得见丰沙尔的植物园，马德拉人吹嘘那里有第一的瓷砖贴画。进门给你招待券，你可以到山顶望着海，喝正宗马德拉酒，配巧克力或马德拉蛋糕。这种吃法甜醉腻人，他们引以为乐。所谓马德拉蛋糕，其实是种英国甜品，制作时，按规矩要往蛋糕里加酒。所以吃马德拉蛋糕配酒，等于是吃着酒，喝着酒，微醺之中，晒着阳光过日子。当然，因为英国人管过这里，所以马德拉在南方海岛的风味之外，也有英国人帮着规划的市政，英国与葡萄牙风格混合的建筑，以及每年冬天大批南来的英国人：脱下伦敦的厚羊毛大衣，换上凉鞋，对着阳光呼一口气。

马德拉酒，其实是误打误撞造出来的：说是以前，远洋航行时，酒在桶里闷久了，颠簸，二次发酵，变出了奇妙风味；如今的马德拉酒当然没那么麻烦，不必每次酿完，都装桶上船，去海上走一遭，只是身为南欧强化酒中的极品，甜度和风味都浓郁到夸张。也就是这股子甜味，恰好配奶油和巧克力。

西班牙人爱吃油炸食品，又爱放辣料，所以他们的吃法对欧洲人而言，口味偏重，亚洲人却会喜欢。西班牙南部一般的饮食准则，是重油烧烤，加相当分量的青椒。前者到火烧火燎的焦脆之味，后者有生猛的辣味。焦脆味适合单宁重的红酒，辣味则需要甜味来慑服。所以西班牙南部喝放大量水果切片、配大量红酒的桑格利亚（Sangria）。无论是果味还是酒味，都比加泰罗尼亚地区要重得多。我在塔里法吃午饭时跟老板聊这事，老板便淡淡地看我们："你们从法国来的吧？"

在南欧看来，的确如此：法国人喝酒，不够甜，不够酸，凡事都讲个度。西班牙与葡萄牙都有招牌的加强酒，意大利的酒更是华丽浓厚，专为搭配他们橄榄油、番茄酱和干酪粉的菜式预备的。当然，地域之间，并不泾渭分明。法国西南邻近西班牙，不免近朱者赤。居朗松产区的葡萄酒就偏甜，果香极浓，极适合搭配鹅肝这类厚腻的菜式。

法国菜配酒，复杂无比，仿佛巫术口诀。当然有些基本原则，大到红酒配红肉，白酒配白肉，细到勃艮第的沙布利白酒配生蚝，取其果味芬芳、口感细腻，对不那么讲究的人而言，简直繁杂至极。最麻烦的是，不同的食物，可能有全然不同的搭配。比如，同样是吃油脂厚重、酱汁浓郁的鱼肉，会有人觉得理当有衬托对比，于是选清爽无甜的白葡萄酒；有人却觉得当以浓配浓，于是找口味浓郁的红葡萄酒；比如奶油炖的牡蛎，是就着奶油选红酒，还是就着牡蛎选白酒？所以，反而是吃亚洲菜配酒，方便得多。因为亚洲菜香辣料下得重，你往往只需要根据调料决定酒。比如吃红烧鱼类、烤肉或油脂重的牛肉，那就波尔多左岸红酒；吃白灼蔬菜、蒸鱼或清炒虾仁，用白葡萄酒解决。

如果是闲喝小酒，地中海沿岸的店铺里会给你一碟腌橄榄，味道悠远耐嚼；北海沿岸的老板则会给炸脆的薯片或薯条，口感松脆明快。里尔的一位老板，给我端了简易法式炸薯球——炸过、放凉后的圆厚薯片，再炸一次，蓬松涨起，另抹干酪，很香。

居朗松产区的葡萄酒就偏甜，果香极浓，极适合搭配鹅肝这类厚腻的吃法。

　　法国人认为荷兰人不会吃东西，贵为京城的阿姆斯特丹，确实也没什么好吃的，街头常见的是FEBO，近乎荷兰麦当劳。你进去要一个总汇盒，人就给你一大盒滋沥沥作响油炸出来的玩意儿：深灰色的，那是鸡肉肠；颜色艳一些的，牛杂肠；通红到过火的，外表是层酥炸皮，里头是奶酪和土豆炸融，加了鱼肉碎块的馅儿，乍吃很是烫嘴。荷兰跟德国接壤，做肉肠质地口感都好，唯独香料放得很过火，腌得肉味更改。不吃土豆、奶酪和肠子？那就去 spui 街，一家市政府官方推的腌鲱鱼店，店极小，两张桌子而已；进店去的人全都要一种："鲱鱼（Haring），不要面包。"就把一尾鲱鱼，撒上洋葱茸，凶猛地吃将起来。鲱鱼腌过，表面极滑，入口有些咸，比起瑞典和挪威的鲱鱼，简直像没处理过的，生猛。

但嚼了几下，洋葱茸和鱼肉就混和出来一种力量。海明威在《老人与海》里说新鲜金枪鱼不加盐也好吃，"有力气"，这尾鲱鱼也如此。配什么喝呢？店里的人耸肩："什么都行！"

酒却有好的。阿姆斯特丹当年市政府所在地，叫作水坝广场。水坝广场边上，穿过一条巷子，有个极老的酒吧，门楣上写着VOLLEDIGE VERGUNNING。你去时，只见门口坐着一溜人，端着小杯在喝。原来酒吧太老了，1689年开设的，没给四百多年后的诸位安排座位。吧里大家站着喝，转不过身来，溢将出来了。好在老板不是1689年遗下来的，谈吐灵便，英语、法语、荷兰语、德语都使得，在吧台边对付排着队的来客。这吧以琴酒为主，每每来客要求他推荐琴酒，他便将谢顶的脑袋晃得眼镜都要飞出去，说他不推荐，只问诸位，"是要甜一点的？苦一点的？辣一点的？酸一点的？"甜的，他拿出樱桃味的自调酒；苦的，杏仁味；辣的，一个奇奇怪怪的单词天晓得是什么配的酒。酸的，绿柠檬味。倒满一杯，搁在吧台上，先让大家吸一口，吸了觉得味道好，咣当一口干了。"再来一个？"再来一个的就接着喝，觉得够了的，就问老板要一杯黑啤酒，一边儿喝去了。轮到我们时，看是亚洲脸，就问："要米酒味道的杜松子吗？"

荷兰琴酒最初是药物，莱登大学的希尔维乌斯波什发明的——那地方也就是伦勃朗的故乡。荷兰琴酒一直使的是麦芽蒸馏，加大量香料——琴酒所以叫杜松子酒，就因为杜松子一度是琴酒主要调味成分。调味琴酒很像是情绪的染色剂，喝了一杯柠檬味琴酒，会觉得思绪都是清鲜绿的；再喝一杯樱桃味的，满脑子都活跳出红色来。老板劝我别喝第三杯，"要

亚洲菜香辣料下得重，你往往只需要根据调料决定酒。

荷兰跟德国接壤，做肠子质地口感都好，搭配啤酒就很好。

不喝啤酒吧",喝黑啤,就像听大提琴曲似的,慢慢把情绪定下来。

临走前,觉得总是哪里没挠到痒处,问老板有没有什么老年间的东西,老板放了一瓶在桌上,乳白色,没调过味,"维美尔和伦勃朗那年代,就喝这种酒"。我存了"不就是威士忌麦芽酒嘛"的心思来了一口,觉得嘴里挨了炸:敢情老式的琴酒不调味,酷炫凶猛得无遮无拦,比伏特加还烧,上头还奇快。我问有没有卖配菜的,老板建议说,出门转个弯,买腌鲱鱼就着吃。——敢情,烈刺刺的琴酒配腌鲱鱼,真是绝配呢。

说到烈酒,俄罗斯人喝伏特加,可以很寒酸,那就是黑面包、酸黄瓜;也可以极奢华,那就是鱼子酱了。许多人吃鱼子酱或鹅肝,有一种错觉,仿佛这东西名贵,于是得搭配各类炊琐奢华的东西,还要带专用面包吃。其实这两种东西,空口白牙吃最妙。用来搭配的饮料,味道不能太庞杂,不信你鱼子酱搭配一口冬阴功汤或者罗宋汤,真是将泳装美人套上大棉袄二棉裤,曲线全都消失了。配鱼子酱,可以用略带酸味而甜味绝少的香槟,酸味可以帮着将鱼子酱那点子微妙腥鲜的味道勾一勾,让你有种吸溜溜吸气的感觉。当然,更好的就是伏特加,伏特加好在纯粹,有酒香而无果味,冰透了的伏特加和冷冻的鱼子酱,寒冷与美味会联合袭击,让你脊背发凉,一激灵,脖子一缩。一种毕生难忘的生理快感。

法国人一向看不大惯德国菜,但超市里也会老老实实卖酸菜香肠。腌过的酸菜,煮后酸香逼人,与香肠同炖,则香肠取了酸味解腻,酸菜得了肉味显厚,土豆得了这两样之助,口感丰满多了，再搭配冰啤酒，妙哉。当然，德国人会觉得法国香肠做法不正宗。正经德国香肠，猪肉绞后，加盐不多，这一点，德国老板操着英语跟我解释过：加盐多了，容易保存，但口咸；加盐少了，就显出猪肉本身质地了。加调味料后，肉产生黏性，灌出香肠，用木屑熏，熏得了，煮来吃。德国与法国边境，许多小店都自制香肠，不零售，就地煮吃，一口咬开，真有肉汁喷薄的美味。有店主比画着，这么跟我形容："香肠和啤酒怎样才好吃？要有爆发力！"

中国人喝酒，那花样自然多了。大体上，一切口感明脆、易于入味的，拿来配酒都好。盐煮笋、茴香豆、豆腐干、青鱼干、肴肉切片、鹅掌、鸭舌、螺蛳、爆鳝，这些用来配热黄酒，自然是妙绝。用来配白酒的，涮羊肉尤棒，来点卤菜嚼着就行。但黄酒、啤酒和白酒，最后都有个万能搭配，即花生米。花生米就酒，越喝越没够。欧洲但凡仿美式的小酒吧也会提供花生，大多是奶油炒的；我试图跟他们讲，中国乡间就是大锅炒花生，撒点儿盐，说不定还更好吃些，欧洲朋友也就是似懂非懂地眨眼。

当然，各地有各地的小食，且独一无二。青岛朋友觉得塑料袋扎啤配炸鱿鱼最美，北京朋友觉得白酒配爆肚最妙，重庆长辈认为世上不会有比山城啤酒配串串更美妙的东西。而我的一个蒙古族朋友则相信：天下无双的搭配，是蒙古王酒配牛肉干配奶油炒米，粗豪凶猛，天生搭配，吃着喝着就让人野性毕露，想仰天来一首歌。"你们内地人吃不到这个，实在是太可怜了！"

Kebab

巴黎的每个地铁口，一年四季，都站着几个北非面孔的小伙子，穿着青黑色外套，偶尔摆弄面前一个烧烤架，把烤着的焦黄微黑的玉米、青椒、土豆和肉串，转一转，调个个儿。入了冬，天黑得早，心情很容易岑寂，就没法抵抗这个：滋儿滋儿的声响，随烟一起腾燃的香味，拧着你的耳朵抓着你的鼻子，往那儿拽。你心里自然会一百遍地念叨"这玩意不太卫生吧，价格也不便宜"，但架不住腿会被烤肉香缠住。

能跟这玩意打擂台的，大概也就剩 Kebab［旋转烤肉］了。巴黎的街食，亚洲以 Pho［越南粉］居首，西方范儿的代表则是 Kebab。这两个东西都带着不干不净下里巴人的氛围，但勾魂夺魄。Pho 最多显得简单，Kebab 简直就有苍蝇馆子的味道。但食欲不管这个：越是原始的欲望，越让人没法伪装。下等人的情欲和食欲，都是最动人的。

烧烤这玩意古已有之，未必是中东的特产。《荷马史诗》第一部《伊利亚特》里，类似场面出现过若干次：众位国王英雄们做过祷告，便扳起祭畜的头颅，割断它们的喉管，剥了皮，剔了腿肉，用油脂包裹腿骨，包两层，把小块的生肉搁在上面，由老人把肉包放在劈开的木块上焚烤，洒上闪亮的醇酒——这是祭祀用的。

年轻人则握着尖叉，把所剩的肉切成小块，用叉子挑起来仔细炙烤后，脱叉备用——这个脱叉备用很有趣：公元前一千年，希腊人已经知道烤肉叉不能直接当餐具使了。

本来，地球人都烧烤：中国人古代所言"脍炙"，就是把细切的肉烤了吃；日本人烤鳗鱼；意大利人烤章鱼；法国人的烤肉（barbecue），最初意思是烤全羊。土耳其占了古希腊的地方，跟他们学了烤肉，也没什么独创。但旋转烤肉，却正经是土耳其人独创，无法反驳。且说19世纪，土耳其的布尔萨有位哈茨-伊斯肯德-爱芬迪先生，在他的家庭日记里写道：他和他祖父觉得，羊肉摊平烤，已经不过瘾了，应该旋转起来烤，于是这玩意就应运而生：因为没有更早的记载了，于是，他老人家就成了旋转烤肉，即 döner kebap 这东西的发明者。德国人会直接简称 döner[旋转]，可见德国人也觉得，旋转烤肉里，"旋转"实在是精髓。

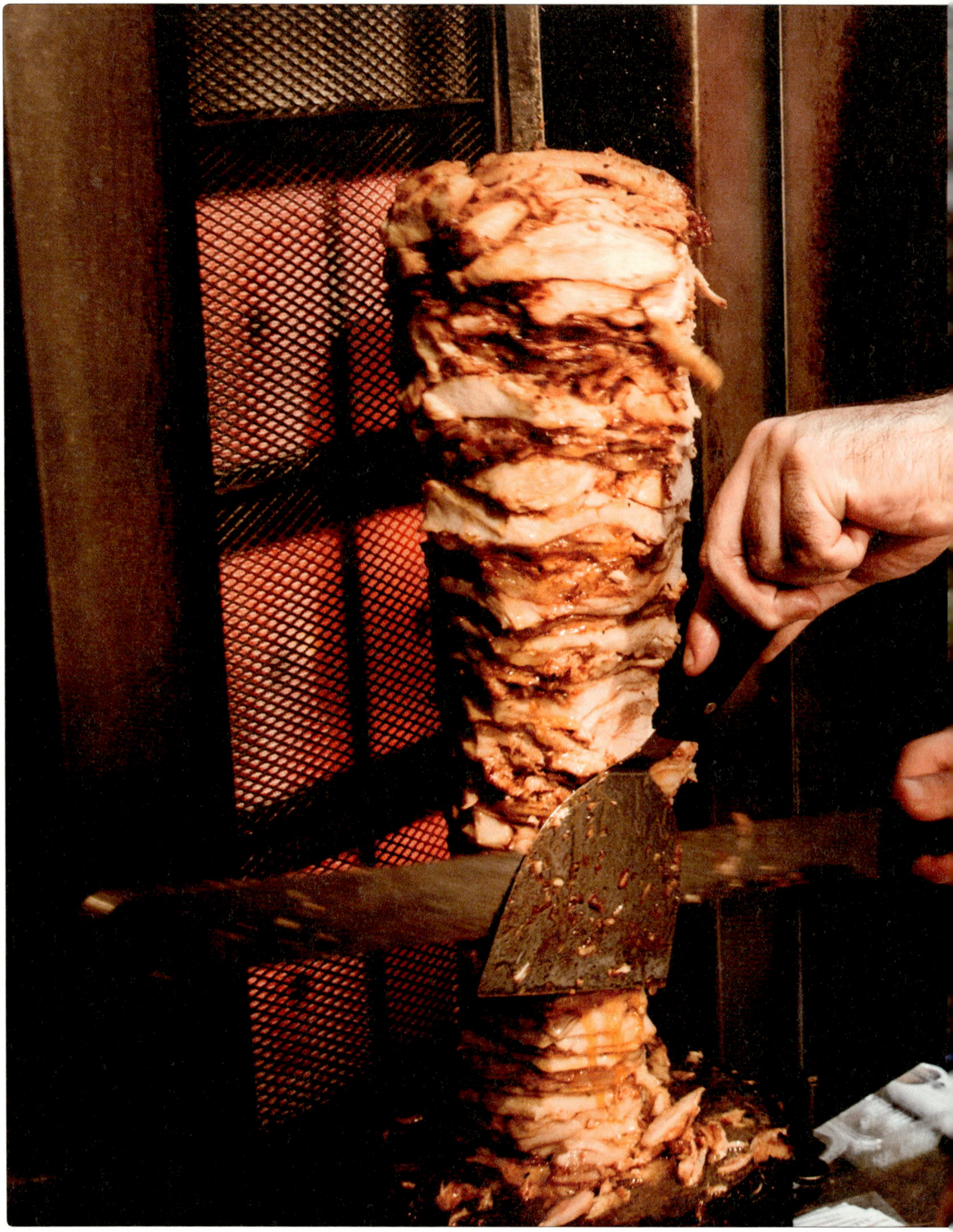

巴黎的街食，西方范儿的代表则是 Kebab 旋转烤肉，带着不干不净下里巴人的氛围，但勾魂夺魄，Kebab 简直就有苍蝇馆子的味道。但食欲不管这个：越是原始的欲望，越让人没法伪装。下等人的情欲和食欲，都是最动人的。

巴黎的各类馆子里，Kebab 馆总是最幽暗残旧。想必老板也知道，进店诸位，不是冲着落地窗、私家甜品、现磨咖啡和茴香酒来的，所以也就免去俗套。你去柜台，要一份 Kebab，老板就会问你：鸡肉、羊肉还是牛肉？蛋黄酱还是其他酱？配菜要沙拉还是米饭？——米饭是炒到半生半熟的小米饭，焦黄脆，西班牙人大概会爱吃。

正经一份 Kebab，分量豪迈：盘子可以盛下一个篮球，配菜、薯条和烤肉三分天下。沙拉的气势仿佛国内的东北凉拌菜，生猛爽凉；薯条的质量普遍极佳，比起麦当劳中所售软塌塌立不起来的薯条，Kebab 的薯条通常焦脆坚挺，立起来像火柴棍，折开时能听见撕纸般的声音。焦脆外壳下，一缕温暖的热气，吃到嘴里，有很纯正的土豆香。

当然，重点还是肉。每家 Kebab，都会在迎门当街人看得见的地方，放一个大烤炉和一大串缓缓转动的肉。一脸的货真价实，顺便也是视觉刺激：没什么东西，比正挨着烤，慢慢泛起深色的肉，更惹人怜爱了。你点好了单子，就看见老板手持一柄长尖刀，过去片肉，且烤且片，片满一大盆，就齐活了。法国的 Kebab，烤牛肉和鸡肉居多，一般推荐蘸经典的白酱吃——酸乳加上蒜泥和香草，可以解腻。通常附送阿拉伯面包，犹如国内的馕，扯得像个麻袋，方便你往里头填肉。但我常见有饕餮者，看来是真爱吃肉，面包三两口就着沙拉咽了，然后，不胜怜惜地用叉子挑起肉来——肉被烤过，略干，外脆内韧，很经嚼，因为是片状，不大，容易咽——呼呼地吃，油光光的腮帮子，为了嚼肉，上下动荡，瞪着眼睛，脖子都红粗了，吃下去，咕嘟一口饮料，接着再一叉子肉。每到这时我就慨叹：这才是真爱吃肉的人。

Kebab 算街食中的廉价食物，所以女孩子们平常不喜欢：踞案大嚼的、粗豪大汉居多，但偶有例外。某年圣诞节，我们去瑞士滑雪，连着吃了几天的瑞士奶酪锅、沙拉和煎鱼，不免口里淡出个鸟来。有位四川来的、平时最挑嘴不过、尝试在后院种豆苗解馋的姑娘，就提出"要去吃 Kebab"！我们笑说离了巴黎还特意找 Kebab 吃，简直岂有此理，她便嘟着嘴道："Kebab 才有家的感觉嚯！"在小镇离火车站不远处，真找到一家 Kebab；端上来，烤肉塞在面包里，张大嘴咔嚓一口下去，大家一边顺嘴抹油，一边点头："这个肉真踏实！"

窗外黄昏的雪奔走的时候，也的确没有比一口烤得停当的肉，更动人的东西。

Pho

在巴黎的亚洲人，聚在一起，倘若考虑不出吃什么，就一拍大腿："去吃 Pho 吧！我认识一家很好的！"于是皆大欢喜。

Pho，读作"佛"，就是越南粉。为何叫这名字？不知道。

东南亚的粉，套路不一，但殊途同归：大概无非米磨成粉，然后和水和面糊成浆等工序。比起面的宽厚筋道，粉主要求软滑细洁。再重油猛火出来的干炒牛河，还是有纤细的米香和柔腻的肌肤。轻薄如肠粉，一屉出来白气氤氲与粉融为一片。桂林的米粉就粗圆些，更追求滑，大多是清汤，常有酸豆角、花生（或黄豆）。汤清鲜略酸，极开胃。贵州的米粉极酸辣，早饭吃一碗大汗淋漓，痛快至极。海南的粉则更东南亚化一些：炒粉可以极细，犹如粉丝，但因炒过，口感比粉丝脆；三亚的抱罗粉则极滑，简直像特意勾芡烩过；海岛上的阿妈早饭做蒸米粉：是用米粉浆混合蛋液卷上岛上现产的鱼干蒸成型，似肠粉非肠粉，其上再淋南乳酱。其味也如南方的阳光，明明似是无形物，但温暖明媚美妙多汁。

饮食都分派别。不独中国有豆腐花甜咸之争，日本有关东关西味道之别，连越南粉到了巴黎，都会细标明北越做法、顺化做法和西贡式做法。越南粉起源自越南北部的万促村，算是早饭和下午茶的街食。1954年日内瓦会议后，数以百万计的越南北部人往南迁移，于是越南粉在南部猛然腾飞。北部做法河粉粗而且阔，在巴黎显得稀少些。西贡做法，面粉纤细得多，在巴黎甚为流行：法国人到底对越南南部情有独钟些，连杜拉斯都更爱写西贡与湄公河。西贡式的越南粉，很容易吃出和广东式粉的区别：广东的粉汤头清鲜有咸味，是大地鱼干熬得的；西贡式越南粉鲜里带出甜味，且微微辣。

巴黎街头的Pho馆，你要一碗西贡粉，按例是这么个配置：一个广口深肚碗端上来，另给一个大碟子，中间横着罗勒、薄荷和肥饱的生绿豆芽菜，凭你自选；另有一小碟，是切开的青柠檬外加艳红夺目的辣椒。再好一些的店，会上来一碟子洋葱，一碟子鱼露，请你自己酌加。大碗里铺着细白滑润的粉，汤头按例是牛骨、牛尾和洋葱熬的，有些店家会愿意往汤里加些冰糖送出甜味。粉上另加各类浇头：传统越南粉是猪肉、虾与鸡肉居多，但法国人爱吃牛肉，于是巴黎的Pho里，最多的是牛腩、牛肉和牛筋。最生猛的，是还殷红着的半生牛肉：在不那么滚烫的汤里泡一会儿，红色褪灰，恰好熟足了，吃，有生鲜的韧劲。因为配料众多，东南亚的香料又香猛犀利，所以一碗越南粉，有着很开放的可能性，不像广东的汤粉，是业已完成、圆满自足的。吃越南粉，爱清凉的，加薄荷；爱味重的，鱼露整碟下去；喜欢酸味的，柠檬汁挤干了也不过瘾，还能把柠檬抛进汤里；当然也见过戴眼镜穿条纹衬衫的老华侨，大概不爱吃荤，

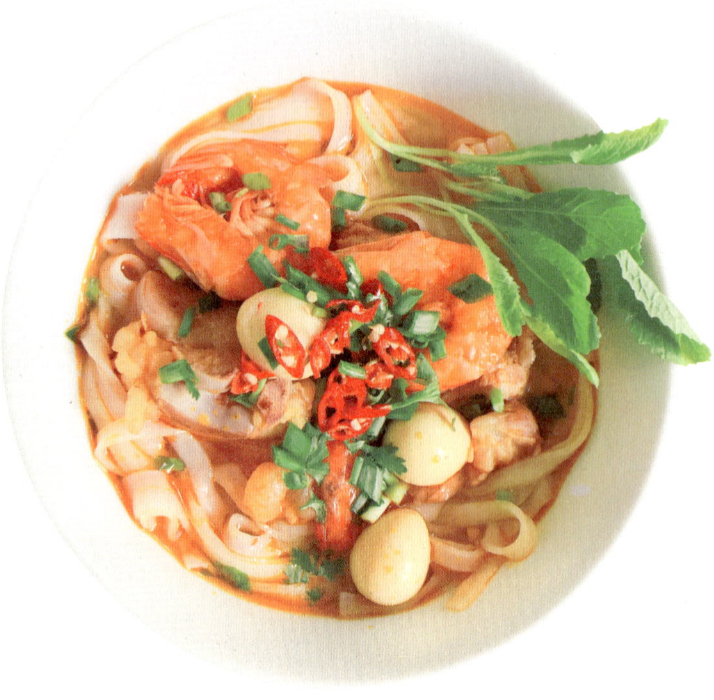

又或疼爱孩子，把自家的牛肉都夹给孩子吃，把伴碟的豆芽菜往自家碗里倒。当然，越南粉不是过桥米线，汤没法烫熟一切。我有一次贪吃豆芽菜，结果汤里的生豆芽味儿漫溢出来，一整碗都吃不得了。

Pho 的命名也很有趣。巴黎的 Pho 有以名字称的：有名的店叫 Pho 大，更有叫 Pho 大大的；分布也很奇怪，比如 Pho13 和 Pho14 都在舒瓦希道上，只隔十来步路。Pho14 因为汤头鲜美，名声大得多，但 Pho13 依然宾客盈门，各人真有各人的口味。据说西贡最有名的是 Pho24 和 Pho2000，这数字游戏，着实不懂。当然，法国人也自傲得很：艾利卡-皮特斯先生认为，比起越南本地现在日新月异的粉类改革，法国人反而在吃一种"最传统的越南粉"。

按 Pho 的正字，是米字旁加个"颇"，但我也听过一种说法：Pho 最初源自广东人吃的河粉，广东人惯于以"河"直称河粉了，比如街头镬气看家法宝干炒牛河。Pho 就是广东话"河"。当然这也只是说法之一。越南到欧洲相隔万里，殖民地的语言风俗又纵横交错如东南亚的河流，最初典故，不必尽推。只是，在越南，在巴黎，只要你会一句"Pho"，那就饿不死了。只要是东亚人，往一个 Pho 店里一坐，闻见胡荽、薄荷、汤头、鱼露的味道，就会觉得像到了家。到了黄皮肤、捶打米粉、熬汤来煮的语境里，至于究竟典出哪里，真没人在乎了。倒是法国人吃越南粉辛苦些：东亚人使筷子灵便，左手勺子舀汤，右手筷子夹粉，灵活自如；地道法国人馋一口粉的，经常会直接使勺子，在汤里刨吃；又或者使一根筷子，挑起粉来，然后如获至宝，吸住就呼噜呼噜吃起来——所以吃东西的仪态好看与否，未必关乎人，而在饮食本身呢。

说是我们家乡菜，我怎么不认识呢

　　我去重庆，满街找重庆鸡公煲的店面，找不到！——上海却是满街重庆鸡公煲，将鸡块下麻辣锅，加大量的芹菜、洋葱等炖了当作锅底，再加其他料。我女朋友若说："重庆就没有鸡公煲！"我大学时去过一次兰州，停留甚短，也不太找得见"兰州拉面"的店铺。去问吃早餐的朋友，你们吃的这是什么？"牛肉面！"我去美国加州的朋友回来后，说那里也并没有牛肉面。我陪一个北京朋友来在上海，通宵唱完歌了，摸着晨光去吃早点——经历过的都知道，通宵之后，一碗甜豆浆最惬意不过了——然而他看见"老北京豆浆油条"的招牌，眼睛瞪直了："你们吃油条就豆浆？""是啊。难道你们就豆汁？""才不是！豆汁应该就咸菜丝儿！"之后一小时，他跟我不厌其烦地聊了半天砂锅粳米粥……

　　十几年前，李碧华写过专栏，认为：港式茶餐厅里所谓扬州炒饭，产地并不在扬州。我细想也是：扬州人吃炒饭，可并不是这风格的。后来一查旧书：扬州炒饭是伊秉绶发明的，他老人家是福建人，四处做官，除了扬州炒饭，还发明过伊面呢……

这些温暖了全国肠胃的饮食，各有一个被改头换面的、甚至虚构的故乡，为他们的滋味，提供一点依据，一点来历。当然并不奇怪：全世界都是这样啊！借个地名，一改良，就飞走了！

　　比如说，北美和欧洲许多寿司店，会正正经经卖一种"加州卷"寿司。粗大威武，是米饭和紫菜两层翻卷过的，外层蘸蟹子，内层正经该有黄瓜、蟹柳、牛油果，加上蛋黄酱。味道醇浓，姿态威猛，而且是少见的不用讲究"泪"(山葵)和"紫"(酱油)，也能好吃的寿司：好在其味道繁复又厚，顶饱。这个东西，你去日本的老牌寿司店，师傅不太会做。理由嘛，嗯，加州卷寿司是20世纪70年代，洛杉矶的东京会馆餐厅想出来，哄美国大肚汉们的玩意儿。那时节，美国人对日本的刺身文化，刚觉得新鲜有趣，既好奇又敬畏；给他们加了牛油果和加州蟹肉，就觉得理所当然，可以放心吃了；至于紫菜反卷，是怕美国人嚼不惯紫菜……当然，2015年了，您去横滨或东京的罗森超市里，还是有加州卷寿司卖的。世界很大，日本人也知道该迁就外国人。

北美和欧洲许多寿司店,会正正经经,卖一种"加州卷"寿司。粗大威武,是米饭和紫菜两层翻卷过的。

美国人对日本的刺身文化,刚觉得新鲜有趣,既好奇又敬畏;给它们加了牛油果和加州蟹肉,就觉得理所当然。

美国人最熟的中国菜之一，乃是General Tso's Chicken，直译是左将军的鸡，也就是左公鸡。美国人当然不熟左将军何许人也。实际上，左宗棠自己生前，都未必知道这鸡。左公鸡初起，最靠谱的说法，是出自大厨彭长贵之手。他老人家在民国时，以鸡腿肉切丁炸熟，用辣椒酱油醋姜蒜炒罢勾芡淋麻油，拿来伺候蒋经国，说这是左宗棠家吃的。结果彭师父没留名，左将军倒成了这鸡的发明者！论渊源，彭长贵大厨的师父，是当年掌勺谭家菜的曹荩臣，往上要提左宗棠，真是又偏又远，未必挂得上号。但左宗棠太有名，这一味彭鸡肉，就变成左公鸡了。最古怪的是，左公鸡按说最初是湘菜，但欧美人现在做起来，越来越甜酸，要知道左宗棠是个湖南人，在新疆前线爱吃的，是胡雪岩给他寄的莼菜，也没听说他爱吃酸甜啊！？——这里跑个题：晚清名臣们，左宗棠有左公鸡，丁宝桢有宫保鸡丁，徽菜馆子里还会卖李鸿章杂烩。真是人人不落空，个个上酒席。

《忍者神龟》里，四只龟各自背着文艺复兴时四大宗匠的名号：达·芬奇、米开朗琪罗、拉斐尔和多纳泰罗，于是设定了：他们都爱吃意大利披萨。按官方小说，会有个有趣的矛盾：他们的师父斯普林特老师很日系，喜欢吃刺身；可是四个忍者龟，最爱吃馅料丰足花哨的披萨，蘑菇、三文鱼、色拉米腊肠、青椒多到看不见馅饼本身，大概是为了显得他们很意大利吧。然而稍微了解点披萨的，就知道这中间有些矛盾：一个标准意大利人，并不爱吃美国那种大如桌面、厚如椅垫、馅料琳琅满目的所谓披萨。在意大利，你能吃到的意大利披萨，通常薄而简洁：只有色拉米腊肠、奶酪和番茄酱，烤得极快，不用你等足15分钟。端上桌来，你能一口吃到脆香的披萨面饼，而不是华丽的馅料。

美国人热爱的披萨上面的馅料，叫作 topping。他们还自得其乐，搞出过一种芝加哥大披萨。这玩意简直是美帝国主义庞大气势的完美体现：披萨的皮子，做成盘子状，中间填上一层馅料，再填第二层，顶上用番茄酱和芝士封住，然后举着整个披萨拿去烤。烤完了，出来吃。

如果说，传统意大利披萨是个薄面饼略加点染，美式披萨是个厚面饼托着大量馅儿，那么芝加哥披萨就是个面盒子，里面装满了馅料。再大肚汉，吃几口也能饱——好吃，但实在是腻人。

美式英语里有个词，叫作 Frenc Fries（法式薯条）。问题是连法国人都承认：最好的法式薯条，出在比利时。听来很是奇怪，其实三言两语就能说明：薯条这玩意，本是比利时人所创，但比利时和法国邻近，法国饮食又过于有名，以至于1802年，美国历史上最聪明的总统托马斯-杰弗逊先生在一次白宫宴会上，吃了"以法国方式处理的土豆"，1856年，沃伦先生的食谱上第一次出现了"把新鲜土豆切成薄片，放进煮开的油中，加一点盐，炸到两边都出现淡金褐色，冷却后食用。这就是法式薯片"！这时候，比利时人总不能因为自己被剽窃了，渡海到美国来揍他们一顿吧？麦当劳里的薯条一般是蘸番茄酱，然而比利时和法国北部，会觉得蛋黄酱、奶油或其他自调酱比较够味。您没法跟他们讨论正统问题，因为"法式薯条该蘸什么，我们说了算！"

横滨中华街某些馆子里，有种玩意儿，叫作天津饭——不是《龙珠》里那位——您乍看就会吓一跳，觉得这玩意很怪。做法是：蟹肉蟹黄，加入鸡蛋，加上豆芽、虾仁，放上米饭，再勾芡出浓稠口感。乍一看，像是华丽版的蛋包饭，而且还可以配汤。端上桌来，让人不敢认，味道却是好的，但绝对不是天津风格——吃惯天津的煎饼果子、嘎巴菜、贴饽饽熬鱼的，都会这么觉得。日本人的说法：所以叫作天津饭，是因为最初这做法，用了著名的天津小站米做成。至于其他乱七八糟的配料，应该是日本人自己的发挥了。当然，日本人还吃所谓"中华凉面"，但在上海，类似这种面，一般叫作朝鲜冷面——可怜的冷面，日本人推给中国，中国人推给朝鲜。当然细看的话，中华凉面和朝鲜冷面也有区别。面是和好后切的，添加酱油、酒与醋做汤头，吃起来爽口有余，但跟中华有多大关系呢？不知道了。

当然，你也没法子多说什么。就像在台湾，卤肉饭会莫名其妙变成鲁肉饭；20世纪40年代，给南京官太太们做饭的川菜厨子，会被迫在回锅肉里加上豆腐干；法国人都会在西班牙海鲜饭Paella里擅自加鸡肉块；诸如此类。

所以，别太抱怨"吃不到本地正宗了"，全世界人民都不太吃得到。再者，食物嘛，总是得因地制宜，最后本土化，比如肯德基到了中国，也就有了芙蓉鲜蔬汤；而我们所期望的，"原汁原味的美食"，往往并不一定符合我们的习惯。全世界都是如此。很可能，当我们真吃到原汁原味的本地特色菜，反而会觉得：这个，我还真适应不了……

我当年在上海，吃惯了各色所谓"正宗重庆麻辣火锅"，自觉已经是火锅发烧友，到重庆去，看见牛油浓郁到滴在桌布上瞬间凝结、翻腾凶猛的火锅，当场被吓住；若瞥我一眼，就对店家说："给我们来个鸳鸯锅儿……"

如果说，传统意大利披萨是个薄面饼略加点染，美式披萨是个厚面饼托着大量馅儿，那么芝加哥披萨就是个面盒子，里面装满了馅料。再大肚汉，吃几口也能饱——好吃，但实在是腻人。

世界各地吃茄子

　　茄子在中国文学史上有名气，多半因为曹雪芹先生。刘姥姥二进大观园吃的茄鲞，是所有红楼宴不可少的一味。鲞在我故乡江南，特指咸鱼，有歇后语，所谓"老猫闻咸鱼——嗅鲞啊嗅鲞[休想啊休想]"。

　　书里面，茄鲞的做法，撕茄子去皮切丁用鸡油炸，拿鸡脯子肉配香菌、新笋、蘑菇、五香腐干、各色干果子，鸡汤煨干，香油一收，糟油一拌收起来。这意思，很明白："香油一收"和"收起来"，说明这玩意和江南咸鱼类似，是道凉菜，还可能是路菜。清朝时的路菜，是那种耐久藏，随时可以拿出来吃，可以带着上路的。刘姥姥当时乍吃之下，没吃出是茄子。细嚼了半日，才说"有点茄子香"。想来之所以选茄子而非别物做这菜，一半就为了这点"茄子香"吧？茄子本身的香味，其实不重，其特殊处，主要是质地与口感：善吸味，能藏油。茄子没太多强硬个性，素做也可以，但素了嫌淡，又太软些。因此，反而是配重油的好。

川中鱼香菜极多，但最妙的，一是经典的鱼香肉丝，二就是鱼香茄子。茄子性格平和，鱼香来了，也就坦然受之。茄子本来又易吸味，被鸡、菌、豆腐干、香油们一哄，就让刘姥姥认不出来了；鱼香的酸辣被茄子一收，味道自然了得，加之本身软润好嚼，用来下饭，无往不利。给牙不好的老人家吃，鱼香茄子怕还好过鱼香肉丝：软润故也。

中国还有炸茄盒，比鱼香茄子更霸道些。看茄子软润好欺负，抹开炸之。我在不同的地方吃过的炸茄盒，馅料不同，滋味不同，但万变不离其宗者：外是茄子、鸡蛋、面粉等勾兑好了，内夹的馅稍微变化：肉糜、虾米、蘑菇，不一而足。

重油炸过后，茄子软糯香酥，配里面油香扑鼻的馅，口感仿佛千层酥，端的了得。当然也有最简便的：茄子蒸熟，凉拌。反正茄子好对付，下什么味都成。

国外的人吃茄子，主要也是贪图其丰润复杂的口感。大多数茄子菜食谱，都推荐盐腌之，总之首先是要脱水。印度有种做法叫"Sambar"，用到大量蔬菜，包括胡萝卜、茄子、洋葱或土豆等，其中用茄子尤多。大略是，用黑胡椒、咖喱叶、孜然、香菜、椰子碎末、肉桂等，煮到茄子半熟，加新鲜红辣椒、荠菜籽、芫荽叶等再炒一遍。这种先煮再炒，细想来很有道理：煮过之后，消了茄子的苦味，使之软化；再炒一遍，就好入味了！茄子炸过了，去皮，配合洋葱、西红柿慢炖，会做成著名的印度菜"Gojju"。这玩意口感可以很酥烂，还可以抹了面饼做酱料。在重视香料的南亚，茄子这样耐油炸可熬煮容易入味的宝物，会被孟加拉人认为是"蔬

1 鱼香茄子
2 烤茄子丝素食沙拉
3 炸茄片
4 土耳其蒜烤茄子配酸奶

菜之王",毫不奇怪了。

意大利菜里也会用到茄子：有些地方，北部靠近奥地利边境，比如威尼斯，会干脆地水煮之后，蘸盐来吃，取其鲜嫩口感，配合沙拉食用，我很怀疑这是种奥地利吃法。

土耳其菜里有种菜，叫作 Karnıyarık，是茄子油炸之后，加上切好的洋葱、黑胡椒、西红柿、巴西里香草，最后是大蒜和肉，一起炖成的。这做法看去，和鱼香茄子有种隔空相遇之感。

希腊各类馆子，都会卖慕萨卡，也和茄子有关。乍看，就像是豆沙千层糕。待吃时，发现比较复杂：煎茄子加奶酪加鸡蛋，夹了肉，衬了土豆片，外加无数欧洲香料，可以当主食。各家做法不太一样，但最正宗的希腊式慕萨卡，是用橄榄油焖过的茄子为底，羊肉臊子，配合西红柿、大蒜、巴西里等为中层，顶上加一层奶油混搭白酱，最后，希腊菜嘛，免不了是要烤一烤的。虽然没有炸茄盒那么封闭精巧，但主题思想是差不多的：茄子既然吸油吸味，千万别浪费。总归是过油夹馅，提供酥口感、香味道。从来不是主角，但是到它出场的时候总是众星捧月。

所以茄子在世界各地，做法不同，但大体，从中欧、东欧到南亚以至于东亚人民，都爱得很：明明是素的，却不摆谱，不做清新状，软软润润，甘心被油炸，老和肉类做伴，而且还香气扑鼻。不适合下酒，却适合送粥下饭。老百姓喜闻乐见，还被中国人念着当拍照的口令——这哪里有点隐士气质嘛？可是茄子就是好吃：有肉了就肉，没肉了搭着点面粉和油也能炸香了，和豆腐一样平易近人，人民好伴侣。哪怕真没油了，你把茄子煮软，蘸蒜蓉与盐，大夏天当下酒菜吃，都是道妙菜呢。

日本食物精致挑剔之风,是他起的头

北大路鲁山人,20世纪的日本大宗匠,人间国宝,通篆刻、绘画、陶艺、书法、漆艺,同时爱吃。仅吃是不够的,他对吃很挑剔。挑剔是不够的,他还要亲自做器具。

文艺大师们爱吃,不奇怪。倪瓒会蒸鹅,有云林鹅传世;袁枚很爱吃,有《随园食单》传世;曹雪芹、吴敬梓、兰陵笑笑生,都是吃客。汪曾祺、老舍、梁实秋、张爱玲等风流人物,对吃都讲究。吃得挑剔,更不奇怪,袁枚就不喜欢吃火锅,认为对客喧腾,味道混杂,不好。

但鲁山人,挑剔得很可爱。比如,鲁山人讨厌寿喜锅和涮锅。他的理由:寿喜烧,加了大堆酱料,肉又煮得过头;吃口太繁杂,不好。涮锅,肉切得太薄了,根本没点肉味,不好。鲁山人喜欢肉切得厚,却又讨厌脂肪。日本人趋之若鹜的霜降牛肉脂肪纹,他却不甚感冒。整体而言,他是个京都派，不喜欢东京食物：嫌关东风味太甜太腻，加太多酱油。

日本关西和关东的风味区别，不能谈；仿佛中国的豆腐花该是甜还是咸似的，一沾就吵。鲁山人出生在京都，所以他可以老气横秋地说：东京人的舌头，都太粗糙了！于是他在东京，被迫进馆子吃饭时，都得自带酱油，绝不用馆子里提供的酱油！——听着很是生猛泼辣，但这就是艺术家风范了。虽然挑剔，但北大路鲁山人对日本文化极为自豪，他认为，日本怀石料理的完成度，不在世上任何饮食之下。如果说清楚怀石料理是什么，您大概便明白，为什么他要自己做食器了。

16世纪，日本出过一位茶圣千宗易先生——法号千利休——其最有名的创举之一，便是怀石料理。如今你去日本点菜，怀石料理是正经十四道程序的流水大菜。诸如京都的辻留、大阪的吉兆这种店，不管实际上是否好吃，光价码牌就看得吓死你，令人吃时不免战战兢兢。但在千宗易所处的16世纪，怀石料理就是茶会上果腹之用。怀石者，僧侣饿了，抱着石头暖腹的意思，清净简素，本不华丽。

千宗易时代的怀石料理，是所谓一汁三菜。汁是大酱汤，三菜是凉拌野菜、炖菜和烤鱼，一小点儿米饭。传统怀石料理，是在茶会中间吃的，吃完之后，客人去休息下——所谓"中立"——之后，就是"后座"，得喝浓茶和薄茶，可能还就和果子；所以怀石料理说白了，就是让你喝茶之前，胃里垫个底，怕浓茶伤胃。

到后来，江户开府，怀石料理的格式也确定成了刺身、烩煮和烤菜，讲究得多了，但也不奢靡，还是三菜一汤。其实说来传统日本料理，精华也就在此：刺身考验刀工和鱼的新鲜度；烩煮（煮物）除了时令蔬菜的选择，

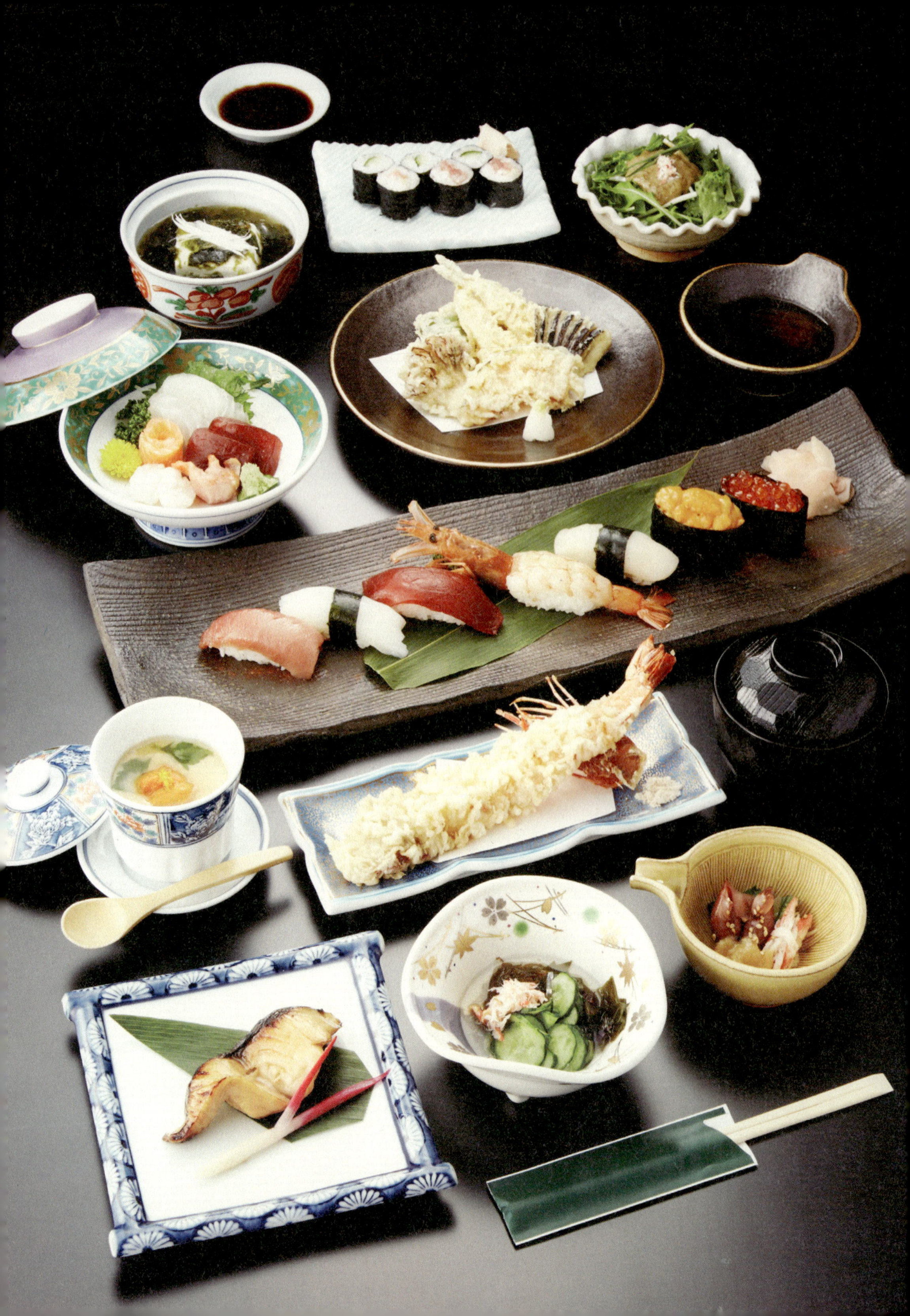

就得看鲣节、酱油、酒这些调味品的质地；这些东西一综合，就是考验你"如何以极简单地将以鱼及蔬菜为主的食材及鲣节、酱油为主的调味料做出好东西来"的本事，所谓极简的纯粹就是了。

可是时日迁延，仪式化日益严重，怀石料理也就越发庞杂，甚至单纯为茶食而定的"茶怀石"都从"一汁三菜"变成了起码六至八道菜，什么菜名贵摆什么菜。于是怀石料理本来是配茶的，如今却成了贵族沙龙、宰客专用。千宗易如果复生，一定皱眉头：老夫好歹是一代茶圣，当年又不是没钱，吃不起料理；好容易把茶室精简到四张半榻榻米，把个奢华的茶会搞成了清静素雅的套路，好容易琢磨出一汁三菜这个丰简得宜，既饿不死你们又不让你们吃腻了的菜谱，你们倒好，又全部返回去啦！

还是这位千利休先生，制造过一种东西，叫作乐烧。那是1586年，四十九岁的已经掌握日本大权的丰臣秀吉，离开被他布置得金光灿烂的大阪城，在京都开始造聚乐第，打算过点好日子了。同年，六十四岁的千宗易继续推广他著名的草庵茶道。茶室不必大，四间半就好。宗旨也无非是"清敬和寂"，是"一期一会"，是"茶道不过是点火煮茶而已"。他请客人茶会间吃的，就是清淡质朴但意味深长的怀石料理，一汁三菜。为了配怀石料理，茶器最好也简单明快一些，既风雅，又清净。

于是千茶圣的助手长次郎从修建聚乐第的地方，挖出了些泥土，开始烧制器具。他不用辘轳拉坯，而用手捏刀削，不加绘彩。烧出来的茶碗，红色的纯红，黑色的纯黑。妙在是手制，虽然并不光滑规整，但姿态古拙自然。千利休大喜，认为这虽然是当世茶器——有别于古器——却完美地体现了利休茶道，于是叫作乐烧。

北大路鲁山人(1883—1959)，本名房次郎，生于京都，日本著名全才艺术家，拥有篆刻家、画家、陶匠、书法家、漆艺家、烹调师、美食家等多种身份。25岁时，他在中国学习书法和篆刻。46岁时，他创设"美食俱乐部"。71岁时，他受著名的洛克菲勒财团邀请，在欧美各地开办展览会和讲演会。72岁时，他被评定为"日本重要无形文化财保持者"，这是一项国宝级的荣誉，他却拒绝了，他坚持自己的生活方式，不容许自己对世俗妥协丝毫。

作为艺术家，鲁山人个性强烈，充满魅力，他对于书法、绘画、陶艺，追求美的顶点。对于美食文化，他无穷地探究……鲁山人的晚年十分孤独，76岁时，因为寄生虫型肝硬化逝世。去世48年后，他再度成为日本传说性名人，东京的日本桥专门举办了有关他的展览。他的作品散发着明亮的光芒。

回到北大路鲁山人。理解了茶圣千宗易与他的怀石料理、他的茶器，您大概也就能理解北大路鲁山人了。他老人家饮食起居，传承的是茶圣千宗易之后日本各路风雅之士们一路传承下来的态度：精致、清澈、风雅但不事张扬，生活的各个细节，都该合于风雅之道，合于自然，合于时令。细节即是艺术。食材、加工方式、季节、温度、色彩、味道，都要用心。食器，自然也是——食器是食物的衣裳嘛。

鲁山人的作品有许多：织部俎盘、吴须手山路瓷盘、桃山风漆器碗、伊贺釉鲍形大钵、日月碗，这些东西各形华丽，但各有用途。比如，地图文盘，理当搭配鳗鱼寿司；织部俎盘，配鲈鱼水造；赤陶兰叶盘，该配野菜卷，或是菜叶铺底，其上加以梅子烤鱼、荸荠烤海胆和乌鱼子之

Rosanjin Kitaoji
Covered Lacquer Bowls with Sun and Moon, (1943),
北大路鲁山人
一闲涂（塗）日月漆器盖碗 (1943年制)

一闲，祖籍中国湖南，17世纪居于飞来峰。一闲发明了于器物的胎上贴箔后刷漆的制法，此后这种制法被称为"一闲涂"。
一闲后旅居日本，称飞来一闲。
私人收藏

Rosanjin Kitaoji
Momoyama-style Covered Lacquer Bowls with Grass Design (1944),
北大路鲁山人
桃山风草纹漆器盖碗
1944年制

National Museum of
Modern Art,
Kyoto Collection
京都国立
近代美术馆收藏

类的烤拼盘；黑陶方钵，放颜色鲜明的沙丁鱼包蛋黄寿司；百花碗，盛颜色明媚的蒸葛根粉虾泥；仿吴须彩瓷，中藏着大虾卷。在巴黎吉美博物馆 (Musée Guimet) 曾经展出过部分鲁山造的作品。

美食美器是不够的，须得美食配上合适的美器、完美的时令、恰当的次序和时间方可。食物理当美丽，合乎口味、嗅觉、视觉与心情；食器则是食物的衣裳，婀娜多姿，清秀妍丽。鲁山人喜欢植物图案的食器。日本的风雅之士，都讲究清和。所谓料理，就是探寻事物真实之道；所谓和食，就是调和自然的味道。融洽汇合，身心愉悦。这是他们的心思。他厌恶法国著名的银塔餐厅，认为菜式过于讲求华丽造型了。这算是他的猾介也好，对日本文化的自傲也好，但他自己能做出美丽的食器与食物，也就够了。

吉美博物馆（Musée Guimet）于1889年建立，位于巴黎第第十六区，又名"国立亚洲艺术博物馆"，亚洲地区之外最大的亚洲艺术收藏地址一，馆内除展出欧洲珍贵文物外，亚洲馆收藏了中国、日本、印度、韩国、东南亚等国文物，这里曾经展出了部分鲁山造的作品。吉美博物馆以中国藏品最为丰富，逾两万件。馆里的瓷器藏品从中国最早的原始瓷器一直到明清的青花、五彩瓷，各个朝代各大名窑的名品。一楼的高棉文明馆珍藏有吴哥窟的巨型文物，二楼展出中国西藏佛教艺术品；三楼展示书画藏品；中国明清瓷器、玉器等艺术珍品分散于三楼四楼。

吉美博物馆的创始人
埃米尔・吉美
Émile Guimet
(1836—1918)

Musée Guimet, Paris

在鲁山人之后，日本高等料理的精神多少改变了。本来在19世纪末20世纪初，日本食物已经开始倾向西方，咖喱饭、牛肉这些以前不吃的，都成了日本人的日常饮食；北大路鲁山人一个人影响了一代饮食之风，后世食家，许多都以他的徒子徒孙自居。后来日本人"重原产地"，"排斥工业化和人工调味料"，都是跟着他走的。

据说是鲁山人认可过的两道东京菜，是这样的。其一是传统怀石料理，会用到纸盐。做法是：在木板上，撒上细盐，铺上和纸。将水与酒轻柔喷洒在纸另一面。等纸浸透了水、酒与盐后，将鲷鱼或其他生鱼片放在和纸上，覆盖另一张纸。放置若干小时——时长看鱼的新鲜度而定——淡淡的盐味、植物甜味与香味，会浸透到鱼肉中。味道深藏蕴藉，非常柔润，吃一口，再配一口口感透明的大吟酿，真是清淡茫远，如行溪畔的好味道。其二是鲈鱼水造。夏季来临时，将鲈鱼肉细心切好，用冷冽的井水，将白鱼肉急速冲刷。须是井水，别的水有味道；须得冷冽清澈，才好洗去鱼肉脂肪，并让鱼肉紧缩，有嚼感。如此清鲜淡甜的鱼肉，佐以梅醋与山葵，前者酸得清爽，后者香得脆生。吃一口，夏季的味道都有了。等一下，还没齐呢：这鱼肉，须得用他自制的"织部俎板大皿"端上来，那质朴平板、上有夏季绿叶植物图案的餐具，还得配着夏季时令，面对庭院，绿荫森森，蛙声阵阵。

东京的食物的确比较甜腻，但江户时期，有所谓五白——白水、白米、白豆腐、白鱼、白萝卜——能体会到这五白的清淡风雅之美，就算是懂江户饮食了。反过来，也只有这种审美，合得上鲁山人。

Rosanjin Kitaoji
Rectangular Oribe Dish (1949),
北大路魯山人
织部俎板盘
1949年制

National Museum of Modern Art, Kyoto Collection
京都国立近代美术馆收藏

Rosanjin Kitaoji
Hyotei: Square Oribe Bowl with cover
北大路魯山人
织部四方角盖钵
瓢亭餐厅，京都南禅寺畔

私人收藏
Yoshihiko UEDA
上田义彦 摄影

> 他一边听张国荣，
> 一边研究
> 热干面、
> 羊肉汤和杀猪菜

"这热干面怎么样？"老板看我的眼神，仿佛我大学宿舍舍友等着我鉴定完他预备拿去表白的情书似的。"挺好的啊！"若说。"好是好！我就觉得……"我说半句话头，老板如汤姆猫揪住杰瑞鼠似的，连问："就是，觉得？""似乎武汉的热干面，要稍微粗一点，口感也要稍微……有颗粒感一点？""对对！"老板搓手道，"我就是怕面太粗，口感会单调，拌麻油久了，又腻；热干面做早饭，单调点是可以的；做午饭晚饭的主食，面细一点，柔顺些，可能好一点。""而且比武汉的热干面，稍微辣一点。"若补了句。"我辣椒稍微加了点分量，不多，一点点。"老板说。"总体很好吃！"我和若总结。老板搓着手，在柜台后来回转了两圈："那就好，那就好。"老板长了一张仲代达矢年轻时的脸，笑起来又像濮存昕。他初开店时，我以为他是日本人或韩国人——他店里最初的菜单，一半是韩餐；另一半是淮扬点心；又在菜单一角，藏了几个菜：岐山臊子面、凉皮、肉夹馍。端的微妙。

我请老板来个狮子头看：看时，一惊。江苏人对红烧狮子头，颇有些腹诽。老年间淮扬师傅做狮子头，也叮嘱过：狮子头不是丸子，不要切成肉臊子！慎用前后腿肉，尽量选肋条肉，五花三层、肥瘦各半尤佳。瘦肉多则口感柴，肥肉多则没嚼头。肉要耐心切成小丁，但之后处理就可以粗一些，略剁几刀意思意思。所谓细切粗斩：这里很关键，狮子头的肉粒，不能剁碎了，不然肉精华就没了。所谓"行家不吃千刀肉"。狮子头爱好者有一套成法在心：狮子头嘛，细切粗斩，肉不能斩太细，不然没肉味；也不好用酱油太重，有酸气；好狮子头慢慢焖好，须清香而不腻，这功夫，一般店里做不了；老板这个店里偏是艺高人胆大，白灼狮子头，肉的口感也松而不垮，韧不失弹。真好。

再要了岐山臊子面，老板还担心地补我一句："这面是酸的！"我说我晓得，来来。岐山臊子面，薄、筋、光、煎、稀、酸、辣、香，一味酸最难调。酸不重，不解腻；如果过了一点儿，就难以入口。我吃了一筷子，吸溜下去，是正经酸香，真好。

老板说，他是西安人，但小时候，住在岐山——说现在那地方，地名还在，区划街道已经规划得不认识了。

凤鸣岐山的岐山？周文王的岐山？

对对！小时候啊，镇上有许多木结构建筑，有塔，有坡，说是挖出了许多青铜器。现在，都没了。

他双亲分别是长安与洛阳人。他自己上大学，是在湖北，学画。老板一张口，"曹衣出水，吴带当风"，是国画底子。来巴黎前，国内大江南北，算都待过。爱画画，也爱做菜。爱做到什么地步呢？他开店，列菜单，写了一大堆菜，后面钩着：这是有供应的；又一堆菜，没打勾，"暂时不供应，但我在琢磨呢"！每琢磨出一道新菜，在黑板上刷刷写了。到秋天，酸菜、白肉、血肠，多炖一会儿才有味，才香，才厚。

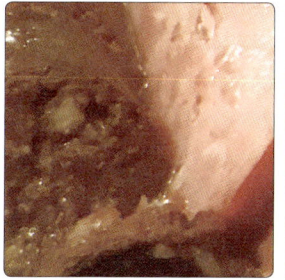

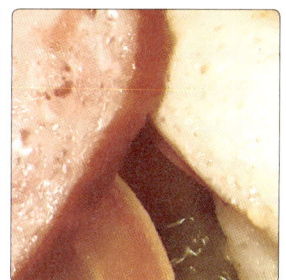

他琢磨出了热干面。到冬天，琢磨出了羊肉汤。"这羊肉汤给我尝味道尝得！都流鼻血！"梁子说。

店堂分两拨人接待。午饭时间，是一个温州姑娘和一个发型极酷的阿姨。阿姨会播古典乐，温州姑娘每天会换件色彩艳丽的T恤，每件的图案都出人意料，没看见过她不笑的时候。晚饭点梁子负责跑堂：一个会调奶茶会调酒，来巴黎十五年改不了东北口音的吉他少年。"妈呀那羊肉汤吃得我，哗哗流鼻血！"先前，我跟老板说，西安有羊肉泡馍，老板说，对。但用店里做肉夹馍的馍弄成泡馍，总是不大对。且巴黎的冬天，羊肉汤怎么保温呢？到入冬，技术难题解决。老板别出心裁，将店里韩餐料理的石锅拿来，盛了羊肉汤——每天熬一晚上熬得的——端上来时噗噜噜打滚；将店里配韩国烤肉用的葱蒜，另放一碟上，自己酌情放羊肉汤里，烫出香味来。最让我叫绝的是两张现烘葱油饼。"这个好还是馍好呢？"老板问。"这个好。"我把葱油饼撕了，扔汤里泡着，葱蒜一把把扔羊汤里。被热腾腾羊肉泡发了的葱油饼，绵柔酥脆；被羊汤泡过的蒜没了辣劲，都泛甜了。真好羊汤，厚而且润。我都觉得，自己要流鼻血了。"我寻思，过年除了这个，还要有蹄髈才是！"但老板的创意并不是线性而行的，转过年来，我去看时，菜单上多了杀猪菜。我诧异了："酸菜怎么做的？""自己腌的。""血肠呢？""自己做的。"我和若要了杀猪菜，坐下。老板多问了一句："不是外带,在这里吃是吧？""是是！""不赶时间吧？"老板让梁子把几碟敬菜先给上了，搓手。"怎么？""不赶时间的话，我多炖一会儿。"老板比画，"酸菜，白肉，血肠，多炖一会儿才有味，才香，才厚。我下的料多！""多炖会儿！多炖会儿！"

老板是那种人：平时温和礼貌，不知所措地笑笑，爱搓手——有些手不知往何处放的意思；若将话逗出来了，就爱聊，滔滔不绝。梁子开朗得多，老板研究菜时，梁子研究鸡尾酒，跟我念叨："我研究出这酒叫睡美人！""你这个酒名是动词吧？"我问。"可别说了！要让我女朋友听见，揍我！"

冬天，晚饭时，店里比白天安静许多。老板不忙时，在后厨和柜台间播曲子：张国荣、许冠杰、陈百强。《风继续吹》《风再起时》《沉默是金》《一生何求》……

"这个大盘鸡，我琢磨了，不能放洋葱，久煮会烂；孜然撒两遍，味道会深厚一些。

"香辣锅，汤底放一点米酒，感觉会香一点，味道厚一点。

"羊汤的鲜味，主要在骨头。羊肉反而不能多炖，要嫩一点，才鲜。

"清代的艺术，已经有些太浮夸了。太艳。我喜欢宋代，好，宋代的画，宋代的青瓷。

"我不太懂粤语，就看歌词，觉得老香港的歌好听，许多老粤语词好，有古韵。像《狮子山下》，像《风再起时》，哎呀一个题目都很有味道。你听张国荣唱歌这个咬字，有没有一点，唱曲子词的感觉？"

就是这样一个，故乡在岐山的西安人，在武汉和襄樊学画，来巴黎开了馆子。一边画画，一边琢磨：面条少一点碱，细一点，多一点辣子，做成细条加辣的热干面；用韩餐的石锅盛羊肉汤以保温，用葱油饼代替馍；比如结合德国酸菜的手法腌酸菜，自己做血肠，做杀猪菜。在冬夜里，边发明新菜，边听张国荣。

这个店的地址：巴黎十三区，20 Rue Nationale。

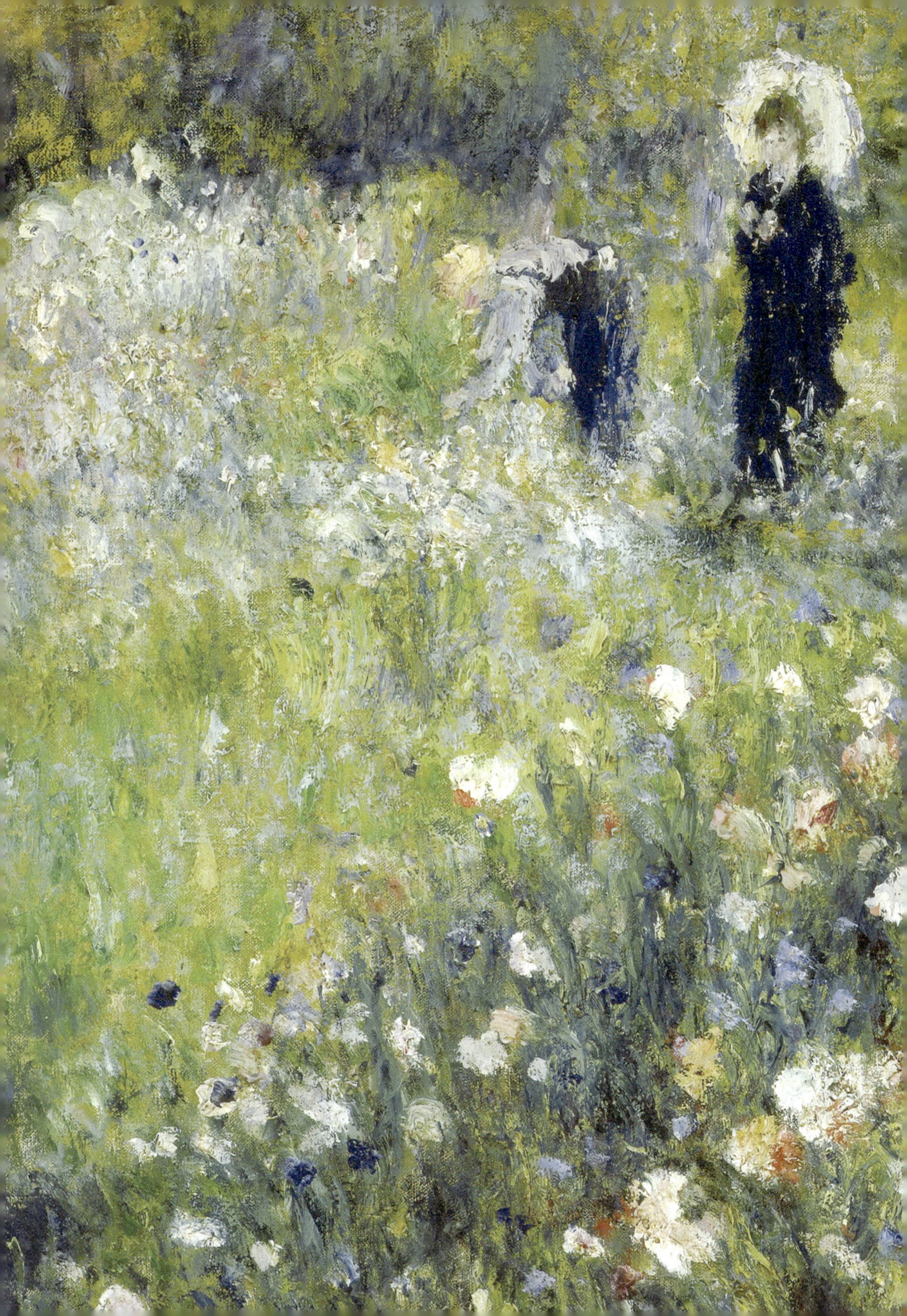

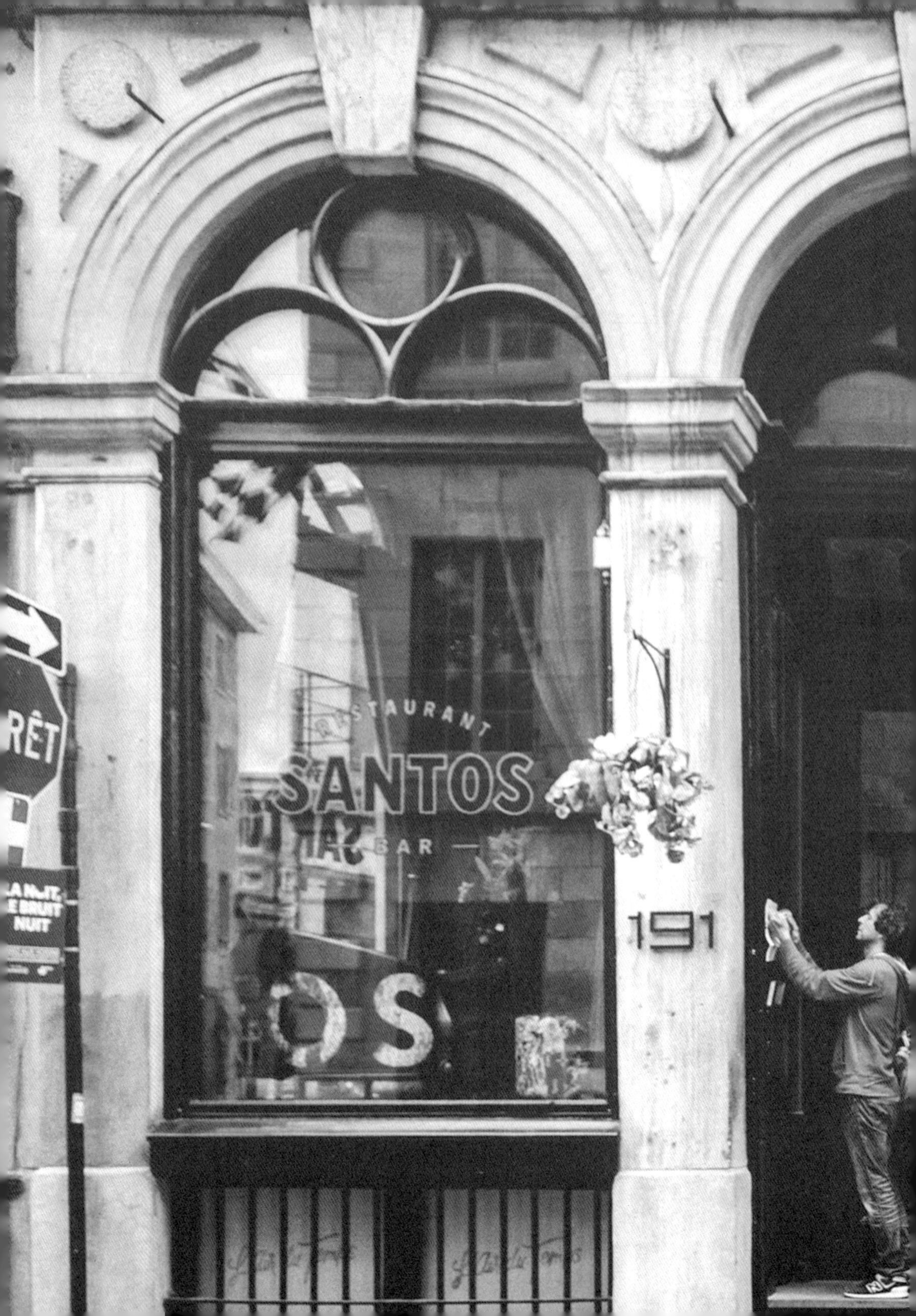
RESTAURANT
SANTOS
BAR
191

图书在版编目（CIP）数据

世界上美味的事太多 / 张佳玮著.
— 重庆：重庆出版社，2018.6
ISBN 978-7-229-12906-4

Ⅰ.①世… Ⅱ.①张… Ⅲ.①随笔－作品集－中国－当代 Ⅳ.①I267.1

中国版本图书馆CIP数据核字(2017)第294023号

世界上美味的事太多
SHIJIESHANGMEIWEIDESHITAIDUO

张佳玮 著

策　　划：	华章同人
出版监制：	徐宪江 伍　志
责任编辑：	王春霞
责任印制：	杨　宁
营销编辑：	张　宁 胡　刚 初晨
装帧设计：	视觉共振设计工作室 010-62015189

重庆出版集团
重庆出版社

（重庆市南岸区南滨路 162 号 1 幢）
北京汇瑞嘉合文化发展有限公司　印刷
重庆出版集团图书发行公司　发行
邮购电话：010-85869375/76/77转810

重庆出版社天猫旗舰店
cqcbs.tmall.com

投稿邮箱：bjhztr@vip.163.com
全国新华书店经销

开　本：787mm×1092mm　1/16　印张：17　字数：200千
2018年6月第1版　2018年6月第1次印刷
定　价：58.00元

如有印装质量问题，请致电023-61520678
版权所有，侵权必究